D1728455

Eva Christina Zeller
Unterm Teppich
Roman in 61 Bildern

1. Auflage
in der Edition Klöpfer
Stuttgart, Kröner 2022
ISBN: 978-3-520-76401-0

Verlag und Autorin
danken dem Dahme Institut Berlin
für die freundliche Unterstützung.

Umschlaggestaltung Denis Krnjaić
unter Verwendung eines Fotos von Dil, Leicester

Gesamtherstellung: Friedrich Pustet Regensburg

EVA CHRISTINA ZELLER

UNTERM TEPPICH

ROMAN IN
61 BILDERN

KRÖNEREDITION**KLÖPFER**

Eva Christina Zeller schreibt Lyrik, Prosa und Theaterstücke und lebt in Tübingen, direkt am Neckar, unweit des Hölderlinturmes. Für ihr literarisches Schreiben erhielt sie zahlreiche Auszeichnungen, u.a. den Thaddäus-Troll-Preis, den Preis der Akademie Schloß Solitude und das Venedig-Stipendium des Kulturstaatsministeriums. Aufenthaltsstipendien führten sie nach Irland, auf eine Insel im Åland-Archipel, nach Farö, Gotland, an den Genfer See, Venedig. Ganz aktuell wurde sie Preisträgerin des Literaturwettbewerbs »Wächst das Rettende auch?« der Akademie für gesprochenes Wort.

Seit 20 Jahren, seit ihrem gerühmten Lyrikband *Stiftsgarten, Tübingen* erschienen beinahe alle ihre Gedichtbände in verlegerischer Zusammenarbeit mit Hubert Klöpfer, zuletzt 2020: *Proviant von einer unbewohnten Insel.* Sie ist Mitglied im deutschen PEN.

Die Scham ist die letzte Wahrheit

ANNIE ERNAUX

Diese Geschichte habe ich erfunden,
um zu erzählen, wie es war.

EUGEN RUGE

Die Verfolgung

– 1 –

Ich habe mich am 20.10.2007 verfolgt. Aber da ich wusste, dass ich es bin, bin ich mir nur gefolgt. Was ich sah, hat mir nicht gefallen. Ich saß mit rundem Rücken auf einem Fahrrad. Ich sah gleich, dass heute nicht mein Tag ist. Ein Tag ohne Disziplin. Ich sah dem Rücken an, dass ich mich mit meinem Geliebten gestritten hatte. Dass der Geliebte sich nicht für mich entscheiden würde. Dass er sich niemals für mich entscheiden würde. Dass dies zu einer Trennung führen sollte. Dass ich mich von meinem Geliebten trennen sollte. Dass ich dies aber nicht könnte. Dass über dem Nichtvermögen der Rücken rund wurde. Ich sah den Rücken und überholte mich. So eine Person kann man nur hinter sich lassen.

Der Führerschein

– 2 –

Meine Mutter wollte 1959 mit vierundvierzig Jahren ihren Führerschein machen. Ihre sechs Kinder waren aus dem Gröbsten heraus. Da bemerkte sie, dass sie schwanger war. Ob sie an Abtreibung dachte, weiß ich nicht. Mein Vater sagte beschwichtigend: »Wir dachten nicht daran.« Ich wollte nicht schuld daran sein, dass meine Mutter keinen Führerschein machen kann. Denn Führerschein war damals eine Metapher. Sie hätte meinen Vater verlassen können, zumindest für einige Stunden. Sie hätte aus dem Raum mit meinem Vater treten können, sie hätte nur ins Auto steigen müssen.

Ich beschloss, nicht auf die Welt zu kommen. Schon bei der Wahl meiner Eltern waren Ambivalenzen vorausgegangen. Ich wollte mein Leben nicht mit Schuld beginnen. Die Geburt war ein Kampf. Ich sah aus wie ein Frauengesicht von Picasso, völlig verschoben. Hässlich. »Das wird noch«, sagte mein Vater. Er war stolz. Ich war sein letzter Einsatz. Er war Offizier gewesen. Meine Mutter hat nie einen Führerschein gemacht. Die Ambivalenz ist meiner Mutter und mir geblieben. Der Kampf ging weiter. Und die Schuld. Vertreibungen wurden mein Thema.

Das Töpfchen

– 3 –

Als ich zwei Jahre alt war, saß ich auf dem Töpfchen mitten im Wohnzimmer. Das Töpfchen stand auf dem roten Orientteppich. Meine sechs Brüder standen im Kreis um mich herum, kommentierten, lachten und erzählten sich Witze. Der Teppich war eine Bühne. Ich durfte erst aufstehen, wenn ich das »Rolle« gemacht hatte. Ich konnte nicht aufstehen, weil ich untenherum nackt war. Ich versuchte davonzufliegen, aber ich kannte die Geschichte vom kleinen Muck noch nicht.

Ich suchte die Welt ab nach einem Feigenblatt, um meine Blöße zu bedecken. Aber Feigenblätter rollen sich ein, trocknen und zerbröseln. Ihr Schutz hält nur wenige Tage.

Ich habe das Kind schweren Herzens in den Wald gebracht. Dort steht ein kleines Haus. Über dem Eingang hängt ein Schild: *Hier wohnt ein jeder frei.* Und ein Feigenbaum breitet seine Äste über das Haus. Das Kind hat es gut dort, und allein kann ich mich in der Welt besser verstecken.

Der Besen

– 4 –

Als ich fünf war, zog ich mich untenrum aus, legte mich über einen Stuhl und schlug mich mit meinem Kinderbesen. Er hatte einen roten Stiel und die Form eines Hexenbesens mit einer Rute. Es fiel mir schwer, mich richtig zu treffen, weil ich mit dem linken Arm nicht richtig ausholen konnte und sich rechts die Lehne des Stuhls befand. Der Stuhl stand mitten in meinem Kinderzimmer. Ich versuchte den Stuhl zu drehen, aber das Schlagen auf meinen nackten Po wurde durch die Lehne erschwert. Plötzlich kam einer meiner Brüder ins Zimmer, sah mich und schloss gleich wieder die Tür. Jahre später war ich mir nicht mehr sicher, was er wirklich gesehen hatte. Ich traute meiner Erinnerung nicht. Aber ich war mir sicher, dass er mich für verrückt hielt. Ich bemerkte, dass er heimlich meinen Schreibtisch durchwühlte. Ich schrieb Tagebuchaufzeichnungen über Brüder, die ihre Schwester missbrauchen, und ließ sie unter meinen Papierstapeln verschwinden. Einmal stand folgender Satz unter dem Text: *Das war Niemand.*

Fliegender Teppich

– 5 –

Der rote Teppich war die Mutter. Auf ihm konnte das Kind einschlafen wie in Abrahams Schoß oder wie unter den Posaunen von *Jauchzet Frohlocket*. Der Teppich erzählt eine Geschichte. Das Kind fährt sie mit den Fingern ab, seine Finger haben kleine Räder und parken in der Badstraße, der Straßburgerstraße oder der Unterländerstraße. Die Tauben auf der großen Kiefer im Garten gurren, wenn es über sie hinwegfliegt.

– 6 –

Es könnte einen Zusammenstoß geben. Das Licht blendet, ich versuche ihm auszuweichen.

Die dunkle Kellertreppe gibt es nur noch in meinen Träumen. Dort, auf dieser Treppe, die in den Keller hinunterführte, in die Waschküche und noch einen Stock tiefer in den Luftschutzkeller, habe ich an einem Abend meine Angst überwunden und die Tür zum Garten mit dem großen Schlüssel geöffnet, der immer von innen steckte. Das Quietschen der Tür hat das Ohr behalten. Ich schlüpfte in den Garten, bekleidet mit einer roten Hose aus Trevira mit schwarzem Hahnentrittmuster. Ich war an diesem Abend in meinem Gitterbett aufgewacht und fand mich allein in dem großen Haus wieder. Keine Eltern, keine Brüder.

Das Kind steigt über das Geländer seines Gitterbetts, es ist noch klein, es geht noch in den Kindergarten, und schlüpft in die Trevirahose. Sie liegt auf dem Stuhl davor. Das Kind sieht sich zu, wie es in die Hose steigt. Hatten sich seine Eltern verlaufen? Wie Hänsel und Gretel im Wald? Das Kind muss seine Eltern suchen, es hat sie schon lange nicht mehr gesehen. Das Kind kennt die Uhr noch nicht und kennt sich in den Märchen besser aus als im Leben der Eltern. Das Kind öffnet die schwere Tür und geht in den Garten. Die Haustüre war abgeschlossen. Vom Garten aus gibt es einen Weg am Haus entlang auf die Straße. Dort säumen Bäume die Hauptverkehrsstraße, und die Lampen, die quer über der Straße schaukeln, verbreiten ein gelbes, schattenbewegtes Licht. An der Straßenbahnhaltestelle bleibt das Kind stehen. Sie könnten dort stehen wie Hänsel und Gretel im Wald. Es schaut sich alle Menschen genau an. Da ist eine Frau, die das Kind anspricht. Sie sieht nett aus. Was es denn suche? Seine Eltern seien schon lange nicht mehr zuhause gewesen. Das Kind hat Pantoffeln an den Füßen, gelbbraune Opapantoffeln, die bis zu den Knöcheln reichen.

Die Pantoffeln können eine falsche Erinnerung sein, eine *false memory*. Experimente haben bewiesen, dass wir die Lücken im Gedächtnis mit Bildern und Märchen schließen. Die Erinnerung ist der beste Schriftsteller.

Die Frau will dem Kind helfen. Ältere Frauen kennen sich aus. Sie sind keine Hexen, sie sind kundig. Das Kind zeigt der Frau den Weg zum Haus und durch den Garten in den Keller und durch das Treppenhaus mit dem geschwungenen Geländer, das vom Rutschen des Kindes blankpoliert ist, bis in die Studierstube des Vaters. Dort steht im Erker ein Telefon. Die alte Frau ruft einen Kollegen des Vaters an, dessen Telefonnummer an die Wand gepinnt ist. Die Frau muss die Straßenbahn in den Wald nehmen. Der Mann, der Kollege des Vaters, kommt zur Tür herein und er und das Kind spielen Mensch-ärgere-dich-nicht. Später kommen die Eltern, das Spiel ist noch nicht zu Ende. Es ist ihnen peinlich. Dem Kind dann auch.

Auch dies kann eine falsche Erinnerung sein, wer kennt die richtige Erinnerung? Sie ist im Irrgarten der Synapsen verschwunden. Das Kind hat aus dem Wald der Straße wieder hinausgefunden.

Das Kind, das Mädchen, wird das schwindelerregende Licht, das die Straßenlampen warfen, die quer über die Fahrbahn gespannt waren und mit den Blättern tanzten, nicht vergessen. Dieses Licht ist ein Foto, das sie später immer abrufen kann. Die schwankenden Lampen, die auch die feuchten Straßenbahnschienen der Hauptstraße zum Glänzen brachten, beleuchten ein Gefühl in ihr, dem sie später auf Bildern von Edward Hopper wiederbegegnete. Das Licht trennt sie von Vater und Mutter und verbindet sie mit der Frau, die sie einmal sein würde. Die ergründen will, warum das verlassene Mädchen, das nun Gretel hieß und keinen Hänsel kannte, der es an der Hand nahm, und das der Hexe noch nicht begegnet ist, aber Vater und Mutter verlassen musste, warum dieses Mädchen in dieser Nacht die Erregung, die eine Straße mit glänzenden Straßenbahnschienen in ihr auslöste, behielt, ebenso wie die Scham. Die Scham, dass sie ihre Eltern bloßgestellt hatte, weil herauskam, dass sie das Kind alleine gelassen hatten, und das Kind sich auf den Weg in den Wald machen musste, um sie zu suchen. Das Kind steht heute noch an der Straßenbahnhaltestelle und wundert sich über die Schönheit der Spiegelungen des Lichts auf dem Asphalt und wartet auf jemanden.

Ein anderes Bild: Ein Männlein steht im Walde, ganz still und stumm. So sieht sie später das Kind an der Straßenbahnhaltestelle stehen. Sie hatte sich eingereiht in die Wartenden. Bis die Frau sie ansprach. Diese Szene hat sie nie vergessen und die Peinlichkeit Tage später, als sie mit ihren Eltern die Frau besuchen musste, die sie damals mitgenommen hatte. Der dunkle Flur in der Wohnung der Frau ist ihr geblieben und die Schwäche, mit der sie dastand. Seither will sie dem stummen Kind, dem Männlein, das im Wald der Unterländerstraße steht, zu Worten verhelfen.

Gruft oder Kluft

– 7 –

Das Kind lebt in Gesangbuchversen. Die Sprache ist ein Urlaubsort, den es ganz für sich allein hat. Dort gelten merkwürdige Gesetze und alles bewegt sich, die Blumen sind lebendig.

»Narcissus und die Tulipan, die ziehen sich viel schöner an als Salomonis Seide.« Die Tulipan ziehen sich an, ob es ihnen Spaß macht oder nicht, es ist sicherlich schwer, die Blütenblätter über die dünnen Blumenstengel zu ziehen. Das Kind muss über seine spirreligen Beine auch Strumpfhosen ziehen, die nicht anliegen mögen, sie knirschen beim Hochrollen, sie kratzen und vielleicht mögen sie auch lieber an einem anderen Ort Kinderbeine wärmen, wenn sie überhaupt für Kinderbeine geschaffen sind, vielleicht eher für Pflanzen oder Bäume. Auch Salomonis Seide zieht sich an, dabei ist Seide doch ein Stoff. Wie kann er sich anziehen? Aber auch der Stoff lebt und muss sich erst fertig weben. Es ist wie im Schlaraffenland, wo jedes Tier seine Bestimmung und Aufgabe hat. Das Kind hat auch eine Aufgabe, es muss mit weißen Strumpfhosen, die kratzen und komische Geräusche von sich geben, auf der harten, dunklen Kirchenbank zwischen Vater und Mutter sitzen, die es umgeben wie die Wände eines Gefängnisses. Wehe, wenn die Knie wieder ins Schlaraffenland zurückkehren oder dort Station machen und zu wippen beginnen oder davonfliegen wie die gebratenen Tauben. Denen muss es heiß sein, dass sie so schnell fliegen. Den Knien ist es eng, sie bekommen kaum Luft, die Knie wollen aus den Mauern entkommen, zwischen die es geraten ist. Warum kann es nicht fliegen wie das Täublein, das aus seiner Gruft fliegt? Das Kind weiß, was eine Gruft ist, aber nicht was eine Kluft ist. »Das Täublein fleucht aus seiner Kluft und macht sich in die Wälder«. Wie man sich in die Wälder macht, weiß das Kind nicht, aber es hört sich schön an und es möchte sich auch in die Wälder machen. Es macht ein »Rolle«, aber das kann nicht gemeint sein, es macht Purzelbäume und Unfug und jetzt macht es bald in die Wälder. Dort muss es Angst haben so ohne Vater und Mutter und ohne das Täublein, aber es wird dort beschützt werden von den Worten, die es umflattern werden, sie werden heranschwirren und sich auf die Äste setzen, es wird sie auswendiglernen und immer inwendig hören.

Der Eingriff

– 8 –

Einmal stand ihr Vater in seinem schimmernden, gestreiften Schlafanzug über ihr und schlug mit dem Handtuch auf sie ein. Sie lag auf dem Boden. Sie sah die Haare, die dunklen, die aus dem Eingriff herauslugten, und das Tier, das hinter dem Eingriff lauerte und kurz vor dem Aufwachen war. Sie muss ihren Vater sehr genervt haben, er schlug sonst nicht zu. Und sie hat sich dieses Bild so oft hervorgeholt und die Seite schnell zu den schönen, gestellten Familienfotos umgeblättert, dass sie mittlerweile davon ausgehen muss, dass sie das alles erfunden habe. Das Handtuch, das Mädchen auf dem Boden, der alte Vater breitbeinig und schlagend über ihm. Es darf nicht sein, nicht dieser schwache, liebe Vater. Das Bedeutsame an diesem Bild, das merkwürdig eingefroren in ihrem Gedächtnis sitzt, ist der Eingriff in der Schlafanzughose und was sich dahinter befindet. Welche Geschichte ist das? Was ihr dazu einfällt, meidet die Worte.

Beziehungserfahrungen

– 9 –

Als Kind versuchte sie mit den Tieren zu sprechen. Das konnte schon Franziskus. Aber die Schildkröte Kleopatra, der sie ein rotes Herz mit Nagellack auf den Rücken malte und der sie versprach, ihr ein bisschen Freiheit zu schenken, lief langsam davon. Das rote Herz war nirgends mehr zu finden.

Dann kam die kleine Katze. Sie verzog sich unter den Bücherschrank oder kletterte auf einen hohen Baum. Sie wollte dem Kind nicht zuhören. Sie entwischte auf die Straße und ließ sich überfahren.

Sie versuchte es mit dem Vogel. Als die Erde bebte, war sie allein zuhause. Vielleicht waren ihre Eltern auch in ihren Studierzimmern und arbeiteten. Mit Philipp in seinem Vogelkäfig verzog sie sich in den kleinsten Raum der weitläufigen Wohnung, in das Bad. Sie saß auf dem Klo und sprach mit Philipp, der aufgeregt in seinem Bauer herumhüpfte. Sie wollte mit ihm überleben. Als das Erdbeben vorbei war, ging sie mit ihm in den Garten. Hieß es nicht, wir könnten zusammen Pferde stehlen? Wir können zusammen das Erdbeben meistern und dann eine Runde drehen und fliegen. Aber Philipp verstand das anders oder er hörte nicht zu. Sie öffnete seinen Käfig, er flog davon.

Märchen

— 10 —

Er hatte Leichen, Hochzeiten, Jahrestage, jemand wurde siebzig oder achtzig Jahr, er rannte von Termin zu Termin. Ich wuchs unter einer Kanzel auf bei den Spinnweben. Die Frauen vom Frauenkreis strickten mir winzige Sparstrümpfe für die Pfennige, die mir der Mesner sonntags nach dem Gottesdienst zuwarf, wenn er den Opferstock leerte. Ich lernte Haushalten unter der Kanzel, über mir hörte ich die scharrenden Füße meines Vaters, seine Worte verstand ich nicht. Auf dem Friedhof lernte ich Lesen, den Namen der Großmutter auf dem Grabstein, den Namen des Großvaters, fast das gesamte Alphabet. Das Märchen vom Aschenputtel war mir das liebste, aber Mutters Schuhe waren alle zu groß und Asche gab es unter der Kanzel auch nicht, nur Spinnweben und Dreck.

Werktags lief ich hinter ihm her und wenn er Konfirmandenunterricht hielt, saß ich unter dem Tisch und kaute Kaugummis, die verschwitzte Hände vor langer Zeit unter die Tischkante geklebt hatten.

Die Frauen vom Frauenkreis brachten mir Weihnachtsgutsle und tupften mir mit lavendelgetränkten Taschentüchern die Nase, damit ich gut roch. Die Kirchenlieder liebte ich, und wenn ich auch keine Wiesen kannte und Wälder, so doch »Geh aus mein Herz und suche Freud in dieser schönen Sommerszeit« und »das Täublein fleucht aus seiner Kluft und macht sich in die Wälder«, ich sah das alles in meiner Kammer unter der Kanzel, im Lavendelduft, und blickte auf den roten Sparstrumpf, die Spinnen wollten nicht hinein, aber die Pfennige. Ich sparte für ein paar Schuhe, die mir nicht zu groß wären, und Bücher. Mein Vater meinte, die Bibel und Märchen, das sei schon genug, nur nicht blaustrümpfig werden.

»Er macht sich ein schönes Leben« war das Schlimmste, was man über jemanden sagen konnte, es war das Einzige, was ich sonntags verstand. Mühe und Arbeit und siebzig oder achtzig Jahr, ich versuchte mir ja kein schönes Leben zu machen und schlug mich mit dem Besen, der der Putzfrau entzweigegangen war, aber das brachte nur merkwürdige Gefühle. Ich wollte es Jesus gleichtun, der einsam und schmerzverzerrt am Kreuz hing. Eines Tages tropfte Blut aus mir heraus, wie aus dem Lämmlein in den goldenen Abendmahlsbecher auf dem Bild, aber ich war kein Lämmlein und den goldenen Abendmahlsbecher hätte ich nicht angefasst, ich war noch nicht konfirmiert. Ich bekam's mit der Angst und hätte mich am liebsten zu Jesus ans Kreuz gehängt, aber sein Blut aus der seitlichen Lanzenwunde war schon längst nicht mehr rot, war weiß und rein. Mein Vater sagte, das sind die Tage, und in einem Lied tauchten auch die Tage auf, da sollte man aber *Danke* sagen. Er schickte mich zu den Frauen des Frauenkreises, aber die stickten an einem Mann mit Goldhelm. Als ich sagte, ich habe die Tage, nickten sie nur und seufzten. Den roten Sparstrumpf fest in der Hand, einen ausgelutschten Konfirmandenkaugummi zwischen den Zähnen verließ ich den halbfertigen Mann mit Goldhelm. Die Schuhe der Mutter waren über Nacht zu klein, aber mir tropfte Blut in die Schuh. Ich betrat eine Straßenbahn, zahlte mit vielen Pfennigen und verschwand.

Beten

– 11 –

Über den Vater darf man nur Gutes sagen, er steht auf der Kanzel, und das Kind versteht kein Wort. Aber das Glasfenster hat Hügel und Senken und eine Landschaft, die es fortträgt ins Paradies. Dort gibt es eine Mauer und Bäume und eine Schlange, die sprechen kann, so dass das Kind sie versteht. Dort im Paradies ist das Kind nackt und schämt sich nicht, denn die anderen sind auch nackt und bloß. Der Vater spricht immer noch und seine Kutte ist schwarz und das Bäffchen um den Hals muss gestärkt sein und weiß und sieht doch aus wie die Zipfel, die aus der Hose nicht hängen sollen. Der Vater kann beten und versucht das Kind gesund zu beten und das Kind konnte plötzlich nicht daran glauben und der Vater wurde lächerlich wie sein Bäffchen. Das alles darf nicht sein. Aber das Kind ist fast kein Kind mehr und hat sein erstes Referat über den Hundebandwurm gehalten. Das Kind weiß alles darüber, auch, dass man daran stirbt. Am Tag nach dem Referat wird es sehr krank und kann nicht mehr aufstehen. Es muss wahrscheinlich sterben, weil es doch etwas gegessen hat, nachdem dieser Hund der Freundin, dieser Deutsche Kurzhaar, ein Jagdhund, sich so an sein Bein geklammert hat. Der Hund wollte gar nicht mehr loslassen, und das Kind machte einige Schritte, und der Hund hing am Bein. Er hatte auch an ihr herumgeschnüffelt, zwischen den Beinen. Unterm

Hundebauch kam diese nasse, glatte Pistole heraus, die rot war und tropfte. Es war eklig und das Kind wusste nicht, was das sollte, es war genauso unwissend wie am Sonntag in der Kirche, wo die Worte über es hinwegzogen wie unbekannter Wind. Jetzt dieser glatte Stift am Unterbauch des Deutschen Kurzhaar und das Kind hat nicht geschrien, wollte nur weglaufen, was nicht ging mit dem Hund am Bein, bis die Freundin ihn mit der Leine wegzerrte. Aber sie hat sich die Hände nicht gründlich genug gewaschen und liegt jetzt zum Sterben im Bett. Der Vater betet mit dem Kind, aber da ist ein Ton in der Stimme des Vaters und eine neue Art, wie er das Gebet spricht, und das Kind fällt aus dem Gebet heraus wie aus einem Bett. Und das Kind ist plötzlich kein Kind mehr und findet es nur traurig, aber auch komisch. Es bleibt im Bett, bis die Mutter der Freundin anruft und sagt, sie habe den Deutschen Kurzhaar vor wenigen Tagen entwurmt. Da konvertiert das Kind zur Naturwissenschaft und der gute Vater, ja, der gute Vater wird zum guten Vater.

Tour de France

– 12 –

»Tour de France kommt!«, rief sie den Toten zu, wenn sie ihnen ihren Siegerkranz brachte. Sie hatten es geschafft. Waren endlich drüben angekommen und wurden belohnt. Immer zu spät. 1972 jobbte sie als Fleuropmädchen und legte sich für 2 Mark einen Kranz um den Hals. Sie fuhr mit dem Fahrrad auf den Friedhof. Nicht ganz ungefährlich. Die Straßburgerstraße führte nicht nach Frankreich, die Colmarerstraße nicht ins Elsass, aber alle Straßen führen auf den Stadtfriedhof. Die Toten kicherten, wenn sie die Aufbahrungshalle betrat und die Tür klirrend ins Schloss fiel. Es war immer zu kalt. Es roch nach Buchsbaum und dreckigweißen Spinnen, nach Feuchtigkeit und den grünen Schwämmen, in die die Blumen gesteckt wurden. Vielleicht nach den Toten? Sie waren still, wenn sie die Kränze vor ihre Särge legte. Sie sprach leise mit ihnen, wie mit kleinen Kindern in ihren weißen Steckkissen, schön hergerichtet für die Reise. Die meisten waren ganz zufrieden mit ihrem Los. Sie waren dankbar, sie liebten das Fleuropmädchen für die Siegerkränze. »Tour de France kommt! Bist du durch die Straßburgerstraße geradelt oder bist du die Colmarerstraße runtergerast?« Sie duzten sie. Sie hatte ihnen beim Altennachmittag Kaffee eingeschenkt, sie hatten ihr schon übers Haar gestrichen und klebrige Eukalyptusbonbons in die Hand gedrückt. »Ihr habt es geschafft, ihr habt alle den ersten Platz. Jetzt gibt es keine Unterschiede mehr, alle Kränze kommen vom Pfisterer und ihr bekommt alle Spinnen, Gerbera und Gladiolen.« Sie klatschte in die Hände und es wurde warm wie auf einem Klassenfest. Das Kichern nahm überhand. Sie rief: »Nun ist Schluss, jetzt wird geschlafen!« und verließ die Halle.

Sie kam am Dorfbrunnen vorbei, vor dem Rathaus lag die Dame mit den drei Brüsten. Die einzige Frau, die müßig war und lasziv. Sie hatte neben ihrer Hüfte eine dritte Brust, eine Kugel, aus der das Brunnenwasser floss. *Ehret die Mütter, die Quellen des Lebens*, stand darunter. Und kleiner: *Kein Trinkwasser.*

Am Stadtpark

– 13 –

Mit zwölf begann sie sich für das andere Geschlecht zu interessieren. Aber sie wusste nichts davon. Auch nichts über ihr Interesse. Sie suchte nur die Nähe zu Martin, dessen Nachnamen sie vergessen hat. Ihn umgab die Aura des bösen Buben. Er wohnte am Stadtpark, wo die besseren oder betuchteren Leute wohnten, und sie trafen sich auf einem Spielplatz am Rande des Waldes. Er war der Cousin einer Schulfreundin. Sie erinnert sich, dass sie allein oben auf einem Klettergerüst saßen. Wo waren plötzlich die anderen hingekommen? Es lag eine Spannung in der Luft, sie waren die Letzten und sie hätten eigentlich nachhause gehen sollen. Sie wohnte weiter weg an der Hauptstraße, sie hätte sofort aufs Fahrrad steigen müssen.

»Ich zeig dir was«, sagte Martin und er holte keine Lupe, keinen Stift, keinen Hüpfball aus seiner Hosentasche, sondern ein Klappmesser. Es funkelte im Abendlicht und sah silbrig und furchteinflößend aus. Er fuchtelte damit vor ihr herum. Klappte das Messer auf und zu, fuhr damit durch die Luft und tat so, als wolle er es in ihre Richtung werfen.

Sie hatte Angst, vom Klettergerüst zu fallen. »Ha«, sagte er, »hast wohl Muffensausen«, und lächelte schief. Mehr sagte er nicht. Sie wusste nicht, wie sie sich verhalten sollte, es wäre doch unhöflich gewesen, einfach abzuhauen? Wie kam sie wieder runter? Plötzlich lag sie auf dem Boden, war beim schnellen Abstieg gestürzt. Sie hatte von Martin etwas anderes erwartet, was, wusste sie nicht, vielleicht, dass er sie wahrnahm.

Wem hätte sie von dem Messer erzählen können, ohne dass man sie auslachen würde? Was treibst du dich auch um diese Zeit am Waldrand herum?, würde die Mutter sagen. Beim Abendessen musste sie erklären, wo sie sich das Knie aufgeschlagen hatte. Sie erzählte von Martin und dem Messer. »Du musst den Martin verstehen, das ist ein ganz armer Junge, er hat seine Eltern bei einem Autounfall verloren und lebt bei seinen Großeltern. Er verdient dein Mitleid«, sagte der Vater.

Die Deutsche

– 14 –

Mit 14 hatte sie einen unstillbaren Wunsch. Sie wollte in die Welt hinaus. Da ihr Elternhaus gut und bürgerlich war, wusste sie nicht, wie sie das anstellen sollte. Ihre Eltern waren schon älter und schonungsbedürftig. Aber sie hatte keinen Sinn dafür, andere zu schonen. Mit ihrem Freund wollte sie in den Urlaub fahren. Seine Eltern erlaubten es nicht. Man hätte sie beide aufklären müssen. Sie hatten wenig Ahnung und trauten sich nicht, ihnen zu erklären, dass sie nichts oder schon alles wussten. Sie sind dann abgehauen, über die Grenze, hinterließen einen Brief, den eine Freundin einwarf, dass sie am Ende der Ferien wieder zurückkommen würden. Sie wollten doch nur etwas erleben und unkonventionell sein. Sie trampten über Land und schliefen in einer französischen Kleinstadt in einem Hochhaus im obersten Stock vor einem Aufzug. Sie sahen weiße Kühe im Nebel auf feuchten Morgenwiesen stehen. Sie fotografierten Straßenschilder und Ortsnamen. Sie froren in dünnen Armeeschlafsäcken. Sie beteten in einer christlichen Communauté und sie parlierte mit richtigen Franzosen in der Schlange vor den Toiletten. Es gab keine Spiegel an der Latrine, und sie vergaß ihr Alter und ihre Herkunft. Ein schöner, braunlockiger Franzose gab ihr seine Adresse und lud sie nach Paris ein. Paris, dieser Name auf einem Ortsschild würde für Abenteuer durchgehen. Der Pariser Freund lud sie beide bei seiner Familie ab. Sie lernten französische Gastfreundschaft und üppige Abendessen kennen. Sie waren willkommen. So war also die Welt. Aber der Hunger war nicht zu stillen. Sie zündete sich an einer Flamme unter dem Triumphbogen eine Zigarette an. Nachts. Da schossen Polizisten auf sie zu und verfrachteten sie in einen Polizeiwagen. Wenig später stand sie mit Frauen, die *putain* genannt wurden, in einer Zelle. Ob man ihr in Deutschland nicht Geschichte beigebracht habe? Das Grab des unbekannten Soldaten. Sie hatte keine Ahnung.

Die *putain* waren frech, scharmützelten mit den sie bewachenden Polizisten und benutzten Ausdrücke, die sie im Französischunterricht nicht gelernt hatte. Dies war ein wohl einstudiertes Theaterstück, das ihr unbekannt war. Und was war mit ihrem Freund geschehen? Wo war er? Nach einigen Stunden, es wurde gerade hell, ließ man sie laufen, nicht ohne sie ermahnt zu haben. Sie war über Nacht zu einer Deutschen geworden.

Das Feigenblatt

– 15 –

Im Sommer 1976 trampte sie nach Italien und suchte ein Feigenblatt, um ihre Blößen zu bedecken. Sie studierte Vertreibungen, solche mit und solche ohne Feigenblatt. Solche mit geöffnetem Mund und geschlossenen Augen, solche mit Verzweiflung und sprachlosem Schmerz. Einen Arm hatte Eva immer vor ihrer Brust, nur am Feigenblatt wurde manchmal gespart. Wenn es eines gab, dann war es aufgemalt, nicht aufgesetzt, und sie konnte es nicht mitnehmen. Sie sammelte weiße Papierservietten und bastelte Papierröckchen daraus, die sie Eva über ihre Scham klebte. Die Röckchen hielten nicht lange, irgendjemand riss Eva immer wieder ihren Schutz herunter. Selbst in den Kirchen wurde gepeept und die Ordnungshüter waren der wahren Lehre verpflichtet, die hieß, Eva muss nackt sein. Als ihr die Papierservietten ausgingen, sammelte sie echte Feigenblätter und klebte sie mit Tesafilm den gemalten Evas in den Schoß. Sie hatte ein Konzept für Norditalien. Nie mehr als sechs Kirchen pro Tag und dann mit dem Zug in eine andere Stadt. Niemals in die nächstliegende. Aber in den Zügen ließ sie Papierservietten liegen und ihre Wege säumten Feigenblätter. Es war nur eine Frage der Zeit, bis die Polizei sie finden würde. Sie würde sich nackt abführen lassen und Eva ihre Kleider hinterlassen. Als die Polizei sie in Florenz stellte, ging alles so schnell, dass sie sich nicht mehr ausziehen konnte. Sie hielt ein Feigenblatt vor ihr Gesicht, als sie aus der Kirche ans Licht trat.

Wahlverwandtschaften

– 16 –

Die Kleinstadt Wahpeton, North Dakota, verschwindet im Falz ihres Atlas. Endlose Weite zwischen Sonnenblumen- und Zuckerrübenfeldern und eine Hauptstadt, die Bismarck heißt. *Adjust, you have to adjust*, war das erste Wort, das sie nachschlug. Sie versuchte sich anzupassen, ging in die Kirche, trug einen BH, rasierte ihren Körper, duschte täglich. Sie hatte beschlossen, dass sie ihre amerikanische Episode überleben würde, und sich einen Plan gemacht. Sie war jung. Sie würde morgens früher losfahren, auf dem Weg zur Schule am Fluss, dort, wo es die einzigen Bäume in der Weite gab, haltmachen und in der kleinen, handtellergroßen Bibel lesen, die man ihr auf dem Flugplatz zugesteckt hatte. Sie würde sich verbinden. Mit dem gelben Herbstlaub, den Platanen, dem Fluss, der so brav dahinfloss, wie sie brav ihre Tage zubrachte. Zum Weinen ging sie aufs Klo. Unter dem Bett hortete sie die Süßigkeiten, die man ihr aus der alten Heimat geschickt hatte. Sie las die Lieder von Bob Dylan und lernte als Cheerleader Bewegungen für die Schule. *Come on. Come on.* Der Fluss konnte es auch. Die Bibel hatte Männern im Krieg, auf Herzhöhe getragen, das Leben gerettet. Der Freund schrieb von zuhause »Lies doch Goethe«, aber Werther gab ihr keinen Trost. Sie sah immer nur, wie Lotte vor ihrer Brust das Brot für ihre Geschwister schnitt, mit einer selbstverständlichen Geste, die sie vermisste. So müsste sie durchs Leben radeln, wie Lotte Brot für ihre Geschwister schnitt. Das Weißbrot kam in Scheiben. Aber die Weihnachtsgutsle lagen unter dem Bett, und sie hortete sie für bessere Tage.

Sie fand nur eine Zuflucht, Lyla, ihre Spanischlehrerin. Sie hatte fettiges Haar, trug keinen BH, aber Cowboystiefel und hatte einen unehelichen Sohn. Sie kochten, sangen und gingen nach Fargo ins Theater. Eigentlich sollte sie mit Lyla keinen Kontakt haben, das sei kein Umgang, sagte ihr ihre Gastfamilie. Aber da Lyla ihre Einladungen oft zu Schulveranstaltungen umwidmete, konnte ihre Familie wenig dagegen haben. Nach einem halben Jahr hatte das *Adjust*-Wort ausgedient und sie durfte den Staat wechseln, ihr gelber Spiralblock hatte ihr das ermöglicht.

Lyla gab ihr die Adresse ihrer Freunde Sam und Peg. Sie lebten auf einer Insel an der Westküste. Sie trafen sich am Grab von Häuptling Seattle und mochten einander. Sam und Peg lebten mit ihren Kindern in einem Wohnwagen. Die Austauschorganisation sagte, sie brauche aber ein eigenes Bett. Sie bekam ein Bett, ihre Schwestern teilten sich eines. Sie war angekommen. Peg hatte mit sechzehn Jahren, als sie so alt war wie sie jetzt, ein Kind abgetrieben. Sie war jetzt das verlorene, wiedergefundene Goldkind. Nicht übergewichtig. Aus der großen Welt. Mit ihren leiblichen Töchtern war Peg launisch und vererbte das eigene Leid. Zwischen Müttern und Töchtern liegt manchmal ein Ozean.

Das Tagebuch

– 17 –

Ein gelber Spiralblock. Das Tagebuch, das sie für den Unterricht führen musste. Für das Schulfach *Creative Writing* im weiten Mittleren Westen der USA. Sie schrieb sich ihre Fremdheit von der Seele. Angesichts der endlosen Zuckerrübenfelder kam sie sich selbst abhanden. Ihr Tagebuch war eine Zuflucht. Die *Creative-Writing*-Lehrerin korrigierte nur ihre Rechtschreibung.

Als sie den Staat wechseln durfte und ihren Schulspind räumte, fehlte der gelbe Spiralblock. Niemand konnte sagen, was geschehen war. Sie musste wohl ohne Tagebuch in das Flugzeug steigen, das sie aus dem Mittleren Westen hinausflog. Auf dem Rollfeld gab die Betreuerin der Austauschorganisation ihr plötzlich ihr Tagebuch zurück. Es hatte eine kleine Odyssee hinter sich. Die Lehrerin hatte es dem Schuldirektor übergeben, der hatte es der Austauschorganisation weitergeleitet, die hatte es einem Psychologen nach New York geschickt, der ihr den Freibrief »suicidal« gab. Jetzt war sie vogelfrei. Seither liebt sie Psychologen und Diagnostiker; auch wenn sie danebenliegen, können sie einem das Leben retten. Das Tagebuch ist eine offene Form, es gibt keinen Schutz, nur den der Offenheit. Bekenne, und du wirst gerettet werden.

– 18 –

Sie trampte nach Paris. Früher waren alle Künstler nach Paris getrampt. Oder gefahren mit Auto, Schiff oder Motorrad. Sie stand an der Straße mit der Selbstverständlichkeit, mit der Lotte das Brot geschnitten hatte. Die Welt war ein verheißungsvoller Ort. In Paris konnte man sich von Baguette und ein bisschen Käse ernähren. Sie hatte ihre Flöte im Rucksack und konnte unter dem Torbogen am Louvre spielen. Bekleidet mit Bauernkittel und Matrosenhosen. Man traf andere Rumtreiber und irgendjemand kannte jemand, der eine Wohnung geliehen bekommen hatte, wo man übernachten konnte. Sie waren alle auf der Suche und für einige Tage nannten sie diese Suche Paris. Aber einer, der aus Korsika kam, wusste, wo das Paradies liegt. Das war sein Ziel. Es lag auf einer Insel vor Afrika, oder war es Indien? Es war so klein, dass es in Reiseführern nicht erwähnt wurde. Der Name war schwer auszusprechen und der Franzose, klein und ein sanfter Napoleon, wusste nicht, welche Sprache dort gesprochen würde. Aber dort würde SIE auf ihn warten. Denn er glaubte an die Bestimmung. Gab es nicht in Indien Palmblätterbibliotheken, wo jedes Leben abgebildet war? Man musste nur lesen können, Palmblätter lesen. Sie wäre ihm gerne gefolgt, aber sie musste zurück in die Schule.

Auf dem Weg zurück traf sie diesen Jungen, der von zuhause abgehauen war. Und der jetzt zurückmusste, weil er kein Geld mehr hatte. Sie taten sich an der Straße zusammen und als sie in seinem Dorf angekommen waren – ein Lastwagenfahrer, der kaum Deutsch sprach, hatte sie mitgenommen –, waren seine Eltern nicht zuhause. Also schlief sie bei ihm. In einem anderen Zimmer. Und nachts wachte sie auf. Eigentlich schlief sie immer gut, die Ferne beruhigte sie, von der Welt konnte man nicht herunterfallen, sie war rund, auch wenn es nicht immer so aussah. Es war der Lastwagenfahrer, der sich ins Haus geschlichen hatte. Er hatte doch weiterfahren wollen. Jetzt hatte er seine Hand unter der Decke und zwischen ihren Beinen. Er bedeutete ihr, dass er nichts Böses im Schilde führen würde. Es sei nur seine Hand. Nichts Schlimmes. Er sprach nur mit den Augen. Sie konnte ihm nicht folgen. Sie muss ihn verscheucht haben. Er war weg und der Lastwagen war am nächsten Morgen verschwunden. Aber die Scham.

Der Grieche

– 19 –

Auf Rhodos gibt es eine Bucht, die Anthony Quinn gehörte. Er war Alexis Sorbas und eine Legende.

Sie war mutig und sehr jung, sie hatte gerade das erste schwule Pärchen am Nacktbadestrand kennengelernt, das ihr sagte, dass Körper gut sind, dass der eigene Körper ein Instrument sein könne, wie eine Flöte oder ein Klavier. Sie war mutig und wollte in der legendären Bucht von Anthony Quinn schwimmen. War Alexis Sorbas nicht auch ein Mann, der das Extrem suchte? Sie kletterte über Felsen, suchte Halt zwischen Macchia und Gestrüpp und erklomm den Berg, von dem aus man in die Bucht hinabblicken konnte. Veilchenfarbenes Wasser zwischen hohen Felsarmen, eine fast geschlossene Bucht. Eine perfekte Felsformation, eine behütende Form mit klarem Meerwasser, so etwas einfach Funkelndes hatte sie noch nie gesehen. Eine Teerstraße wand sich zu einem kleinen, weißgetünchten Haus hinauf, das oben am Kamm der Bucht stand, von dort führte ein Fußpfad zum Strand hinunter. Sie wollte zu diesem Haus. Dort würde sie fragen, ob sie nicht in der Bucht schwimmen könne. Auf der schmalen Teerstraße kam ihr ein Junge auf einem Mofa entgegen, er zog nah an ihr vorbei und plötzlich berührte er ihre Brust. Er fuhr bergab, drehte und kam ihr wieder entgegen, sie rannte bergauf. Er verfolgte sie, versuchte während der Fahrt so nah an sie heranzukommen, dass er sie betatschen konnte. Sie schlug mit ihrer Tasche nach ihm, schlug Haken wie ein Hase und versuchte ihm auszuweichen. Keuchend erreichte sie das Haus. Ein alter Mann war dort, der ihr vertrauenerweckend erschien. Der Wächter der Bucht. Sie bat ihn um Hilfe. Erzählte ihm von dem Jungen, der sie bedrängt hatte. Er beruhigte sie, sagte, bei ihm wäre sie sicher.

Plötzlich bestürmte sie der alte Mann, fuhr ihr in die Latzhose, schleckte seine Finger ab und prahlte mit seinen Fähigkeiten als Liebhaber. Wenn sie ihn ran ließe, würde er ihr eine unbekannte Welt eröffnen und sie dürfe sich danach im Dorf im Laden mit dem Silberschmuck etwas aussuchen. Sie versuchte zu fliehen. Da sagte er, sie dürfe in seiner Bucht schwimmen, er würde ihr nichts tun. Er würde über ihrem Schwimmen wachen. Sie liebte das Meer.

Die Seele

– 20 –

Im Sommer 1980 begann sie in einer Peepshow zu arbeiten. Sie wollte gerne ihre Seele verkaufen und dachte, fang mit deinem Körper an. Vielleicht kommt ja ein reicher Teufel und bietet dir einen besseren Job an. M. hatte sie verlassen. Er war vor allem in seine Gitarre verliebt. Er hielt sie stundenlang im Arm und entlockte ihr Seufzer. Ihr nicht mehr. Dabei hatte sie Gefühle wie Wolken. Sie waren schnell und groß. Sie hingen an einem Lied von Uriah Heep oder an einer Tasse mit dickem Earl Grey Tee. Sie zogen mit M.s Gitarrenklängen aus dem Fenster. Sie saßen auf dem Boden vor seiner Matratze im Schneidersitz. Sie liebte M. Dafür musste sie später mit langen Meditationen auf einer Brücke bezahlen. Sie schaute hinunter auf die Schnellbahnstrecke und versuchte auszurechnen, wann sie losspringen müsste, damit sie der Schnellzug sicher erwischt. Aber sie war schlecht in Mathe und kam mit den Winkeln und Beschleunigungen nicht zurecht. Also ging sie in die Peepshow. Sie hoffte, dass die Blicke der Männer ihr ihre Seelenpein nehmen würden, aber sie legten sich wie ein Schweißfilm auf sie. Sie gab eine Anzeige auf: *Seele zu verkaufen*. Aber es meldete sich niemand. Seelen bekommt man in jeder schwäbischen Bäckerei für einen Euro oder etwas mehr.

Das Handtuch

– 21 –

Einige Zeit später schenkte ihr eine irische Bäuerin zur Erinnerung an Donegal ein Küchenhandtuch. Es hängt am Haken und erzählt ihr die Geschichte mit S.

S. war Filmemacher und wollte in Donegal arbeiten, sie schleppte ihre Schreibmaschine nach Irland. Sie wohnten in einem feuchten Bauernhaus und machten Feuer mit Torf. Statt zu schreiben, adoptierte sie zwei kleine Lämmer, die Waisen geworden waren, und lief mit Nuckelflaschen über die Wiesen. Ihre Mutterinstinkte waren so durchsichtig wie die Hagelkörner zwischen den Glockenblumen. S. war Witwer und trug zwei Ringe. Sie bat ihn, den Ring seiner Frau abzulegen. Jetzt, wo sie Mutter geworden war, wollte sie nicht mit seiner Frau im Bett liegen. S. weigerte sich. Sie wollte ihm die Ringe vom Finger ziehen, sie stritten und schlugen sich, und plötzlich reagierte er nicht mehr. Sie wusste nicht, ob er ohnmächtig war oder ihr nur einen Schreck einjagen wollte. Ganz aufgelöst ging sie zu der Bäuerin, die im Nachbarhaus wohnte. Diese rief einen Arzt. Der gab S. eine Beruhigungsspritze. Er schlief zwanzig Stunden und erinnerte sich danach an nichts mehr. Sie weiß bis heute nicht, was genau passiert ist. Im Gegensatz zu der Bäuerin und dem Arzt. Vielleicht hat das mit Irland zu tun. Die Bäuerin schenkte ihr zum Abschied ein Handtuch. Sie besaß keine Dusche und roch streng, sie hätte es selbst behalten sollen. Ihr Handtuch hält sie in Ehren. Es sagt, andere können dich verstehen. Es sagt, halte dich von Männern mit Ringen fern.

Schäfchen

– 22 –

Sie war zwanzig Jahre alt und hatte schon einiges von der Welt gesehen, niemand sage, sie sei naiv gewesen. Sie hatte in den USA gelebt, sie war auch in Europa herumgekommen, sie war ein junges Mädchen oder eine junge Frau auf der Suche. Auf der Suche. Punkt. Mit der Querflöte trampte sie durch Europa und spielte für Geld oder Essen. In Trondheim hatte sie einen Bekannten besucht und Gjetost, einen Ziegenmilchbraunkäse, der auf warmen Waffeln ganz exotisch schmeckte, kennengelernt. Ihr Klingelbeutelgeld setzte sie in drei Kilo Käse um, die ihren Rucksack in Oslo beschwerten. Sie schaute sich die Bilder von Munch an und wusste nicht, ob sie sie nicht zu demonstrativ fand. So deutlich sollte man seinen Schmerz nicht zeigen. Das durfte man nicht, das war peinlich und mutig zugleich.

Sie fuhr zurück nach Deutschland, sie nahm eine Fähre und langweilte sich an Bord. Niemand in ihrem Alter war allein unterwegs. Sie schrieb in ihr Tagebuch. In Frederikshavn stellte sie sich an die Straße und da hielt er. Ein älterer Mann, den sie schon auf dem Schiff gesehen hatte, ein Einsamer. Er nahm sie mit. Er wolle nicht so weit fahren, sagte er, er sei noch in Ferien und würde an der Nordküste Dänemarks bleiben, aber bis zur nächsten größeren Stadt könne sie mitfahren.

Er war doppelt so alt wie sie und ein bisschen merkwürdig. Schweigsam und Fotograf. Er beobachtete sie genau, erzählte ihr, dass er sie schon auf dem Schiff gesehen habe, wie sie in ihr Buch schrieb. Sie wurde nicht ganz schlau aus ihm, aber das störte sie nicht, da sie bald wieder ausstieg. Sie musste ihm ihre Adresse hinterlassen haben, denn an Weihnachten schickte er ihr einen Gruß mit einem Foto, das er während eines Strandspaziergangs geschossen hatte. Ein Schwarzweißfoto einer Welle, die gerade brach. Schön, aber nichts wirklich Besonderes. Sie achtete nicht darauf. Es war nur ein Gruß. Sie musste geantwortet haben, sie hatten sogar miteinander telefoniert, denn im folgenden Sommer fuhr sie in seinem Auto neben ihm sitzend nach Dänemark, dorthin, wo sie sich begegnet waren. Sie erinnert sich, dass er ihr eine Tüte mit Minikarotten reichte, die er zu früh aus seinem Garten gezogen hatte, und dass der Blick auf ihren Schoß mit den kleinen Karotten ihr merkwürdig erschien, unpassend. Aber sollte sie deshalb die Tüte mit den Karotten aus ihrem Schoß entfernen? Wo hätte sie die Tüte überhaupt hinlegen sollen? Sie schliefen miteinander, aber sie spürte ihn kaum und er sie auch nicht. Sie dachte, Hingabe sei das Größte und Wichtigste.

Er wusste Dinge, die sie nicht wusste, sang ihr Lieder von Schubert vor und zitierte Gedichte von Ringelnatz und Morgenstern. Sie war sein Mondschaf. Später das Schäfchen.

»Er könnte dein Vater sein«, sagten ihr wohlmeinende Menschen. Er nahm sie ernst, sein Schäfchen. Auch wenn sich das wie ein Widerspruch anhört. Richtiger wäre es zu sagen, sie fühlte sich ernstgenommen. Er war ja ein Gebeutelter wie sie. War sie das auch? Dafür hatte sie noch kein Bewusstsein.

Er hatte seine Frau bei einem Autounfall verloren. Da waren sie gerade ein Jahr verheiratet gewesen. Die folgende Ehe, die er nur eingegangen war, weil ein Kind unterwegs war, bestand nicht mehr, sie verstand das, denn das Hochzeitsbild der ersten Frau stand auf seiner Kommode im Schleiflackschlafzimmer. So weit waren sie schon, dass sie ihn besuchte. Und für ihn kochte, dabei konnte sie das nicht. Aber er war von ihren experimentellen Kochkünsten angetan und sie probierte verschiedene Kreationen mit Kichererbsen aus. In Dänemark hatten sie Hagebutten gesammelt und machten daraus Marmelade. Er spielte ihr Chopin auf dem Klavier vor. Das konnte er auswendig. Sein Augenlicht hatte bei dem Unfall, bei dem seine erste Frau starb, so gelitten, dass er nur noch schwarzweiß sehen konnte. Seinen Job als Berufsschullehrer für angehende Fotografen hatte er aufgeben müssen und lebte von einer kleinen Pension. Sie fand seine Fotos umwerfend, vielleicht gerade weil sie schwarzweiß waren. Sie kolorierte sie und gemeinsam stellten sie diese Werke auch in einer kleinen Galerie aus. Sie igelten sich ein, denn nach außen hin sahen sie wie Vater und Tochter aus. Sie begann sich bei ihm einzunisten. Das duldete er, aber nur, solange sie keine Veränderungswünsche vorschlug. Sie wollte beim Sex nicht auf das Hochzeitsbild seiner Frau gucken müssen. »Dann guck halt nicht hin«, sagte er. Sie drehte das Foto auf das Gesicht, er stellte es wieder auf. »Vergreif dich nicht an meinen Sachen«, sagte er.

Er trug seit dem Tod seiner Frau oder vielleicht erst seit der Scheidung von seiner zweiten Frau zwei Eheringe übereinander. Sie wollte, dass er seine Eheringe ablegte. Das tat er nicht. Sie wollte, dass er seinen Bart abnahm. Das tat er und sah danach nackt aus und die Haut wirkte fahl wie bei einem toten Huhn. Voller Aufwürfe und Falten. Sie hätte ihn verlassen sollen, das wäre das Naheliegendste gewesen, aber sie konnte es nicht.

Sie wollte jemanden, für den sie existenziell war, und das war sie, obwohl er ihr das kaum einmal eingestand. Stattdessen machte er Fotos von ihr, Nacktfotos in schwarzweiß mit einem blauen Filter. Auf denen sah sie aus, als hätte er sie wahrgenommen. Er hatte in seiner Dunkelkammer gesehen, wie sie sich langsam aus dem chemischen Sud entwickelte, wie sie sichtbar wurde. Sie sah sich selbst nicht gern im Spiegel, aber auf den Fotos war sie jung und schön.

Vielleicht hatte sie sich schon zu weit aus dem Fenster gelehnt und war nicht mehr bei sich zuhause. Was heißt das? »Geh in dich, das ist mir zu weit«, war eines der Lieblingszitate ihres Vaters gewesen.

Der Schäfchenhalter schmiss sie immer öfter aus seinem Haus, wenn ihm ihre Anwesenheit zu viel wurde. Er lebte in einem kleinen Dorf in den Bergen und sie musste an der Straße warten, bis jemand sie mitnahm. Zweimal nahmen sie Christen mit und gaben ihr ein Bett oder fuhren sie in die nächste Kreisstadt zum Bahnhof. Einen Termin bei einem Therapeuten verschob sie, weil sie zu lange hätte warten müssen. »Dann wird es wohl nicht so wichtig sein«, sagte der Therapeut am Telefon

Ein wohlmeinender Mensch sagte über ihn: »Das ist doch ein Neurotiker.« Das war ein Etikett, das ihr nur sagte, dass sie selbst neurotisch war.

Sie wollten einen gemeinsamen Ausflug über die Grenze nach Straßburg machen. Sie hatte ihren Personalausweis auf der Frontablage seines Autos abgelegt und ihre Beine hochgelegt. Bei einem Bremsmanöver wurde der Personalausweis in einen Luftschlitz an der Frontscheibe geschleudert und verschwand. Er war verärgert, dass sie nicht nach Straßburg fahren konnte, und schmiss sie vor der Grenze aus dem Auto. Sie musste nachhause trampen. Nachhause, wo war das?

Aber es gab eine weitere Runde. Sie fuhren zusammen nach Schweden, in sein geliebtes Schweden. Auf einem Zeltplatz auf einer kleinen, vorgelagerten Insel, eigentlich ein Saltkrokan, kam es nachts zu Handgreiflichkeiten. Sie begann zu schreien. Menschen kamen, um nach ihr zu sehen, leuchteten mit ihren Taschenlampen ins Zelt und sprachen auf Englisch auf sie ein. Sie dürfe sprechen. Aber sie konnte nicht. Sie verkroch sich, schwieg. Schämte sich. Seither weiß sie, was Scham ist, und versteht jede geschlagene oder missbrauchte Frau, die nicht sprechen kann.

Sie war ja allein. Wie sollte sie heimkommen ohne ihn, ohne sein Auto? War es denn nicht vor wenigen Tagen passiert, dass er sie nachts aus dem Zelt schmiss und sie in einem Bushäuschen die Nacht verbrachte? Als er am nächsten Morgen vorbeifuhr, nahm er sie mit. Sie hatte keine andere Mitfahrgelegenheit gefunden und er hatte Herz.

Marrakesch

– 23 –

Im Winter 1982 hat S. sie häufig rausgeschmissen. Mindestens einmal in der Woche. Und sie ist doch immer wieder zu ihm getrampt. Er trug denselben Schlafanzug wie ihr Vater, mit schimmernden Streifen, und er sammelte eingewickelte Zuckerstücke in einer Dose wie er. Auf S.' Schleiflackkommode im Schlafzimmer stand das Hochzeitsfoto von ihm und seiner verstorbenen Frau. Ihretwegen kam sie immer wieder zurück. Ihre Mäntel hingen im Keller in einem Schrank, auch ihre Kniebundhose, die sie sich ausleihen durfte fürs Wandern. Da war am Schritt ein Lappen eingenäht, ein Schweißlappen, der roch nach ihr. Es roch sehr lebendig. Sie hätte gerne all ihre Kleider anprobiert, aber das durfte sie nicht. Einmal lieh sie sich dennoch ihren Wintermantel, als es plötzlich kalt wurde. Er war dunkelrot, hatte nur einen großen Knopf und einen edlen Pelzkragen. Das Etikett im Rücken war ihre Visitenkarte. Der Geruch hatte sich auf diesem kleinen Lappen verdichtet, weil er aus anderem Material war, kein Wollstoff wie der Mantel, kein Polyester wie das Futter, es war ein kleiner Lappen Mischgewebe, der ihren Geruch konzentriert hatte. Aber sie durfte ihre Kleider nicht tragen.

Nach einem großen Streit trampte sie nach Spanien und von dort, ohne Gepäck, nur mit einem kleinen Korb, weiter nach Marrakesch. Dort vergaß sie ihn. Plötzlich rief er in der Jugendherberge an. Er hatte sie gesucht. Er wusste, dass ihr Lieblingsbuch die *Stimmen von Marrakesch* war. Als sie ans Telefon gerufen wurde, konnte sie sich nicht mehr wehren. Da er sie gefunden hatte, musste er kommen. Aber er hatte seinen Schlafanzug nicht dabei. Die Richtung hatte sich verkehrt. Sie hatte Geschmack am Weggehen gefunden.

Es wurde nicht mehr. Manchmal saß er plötzlich in ihrer Lieblingskneipe am Nebentisch. Er schwieg über Jahre hinweg immer wieder in die Telefonleitung hinein. Als sie Witwe wurde, rief er sie an und sprach ihr sein Beileid aus. Danach blieben die Anrufe aus.

Wer sich nicht in Gefahr begibt

– 24 –

Sie wollte ein bisschen fliehen und trampte von West nach Ost durch die USA. Sie wollte dem Schicksal ein bisschen aufhelfen. Das Schicksal wusste vielleicht, was es mit ihr vorhatte. Es sollte ihr unterwegs Zeichen geben. Sie wusste, dass sie nicht unverwundbar war, aber sie konnte die Aura von Menschen schnell lesen, das hatte man ihr in der *church of divine man* in Berkeley beigebracht. Sie stieg nicht in jedes Auto, vor allem nicht in jeden Lastwagen. Dieses Hinaufsteigen in die Kanzel, welches Wort, machte sie benommen. Es löschte den Blick auf die vielen Kirchenkanzeln, zu denen sie schon hinaufgesehen hatte. Sie wusste, Frauen leben in einem Krieg, wenn sie in die Welt hinaus wollen, aber darüber spricht man nicht. Wenn man dies sagte, wurde man einer Plattitüde bezichtigt oder als Feministin abgekanzelt. Da war sie wieder, die Kanzel. Sie legte sich, wenn sie über Nacht trampte, nie in die angebotene Kajüte, das war zu gefährlich. Stattdessen trug sie die weiten und langen altmodischen Kleider ihrer ehemaligen Lehrerin Lyla aus dem Mittleren Westen. Sie wusste, wie man an die Helferinstinkte der Lastwagenfahrer appelliert, die manchmal versuchten, sie betrunken zu machen, aber sie lehnte immer ab. Gefährlich waren die Klapperschlangen, wenn sie draußen unter freiem Himmel übernachtete. Vor Schlangen hatte sie Angst, nachdem sie als Kind gesehen hatte, wie der Bauer auf einer Tenne in Österreich eine Schlange mit seinem Gürtel erschlug. Wie er mit einer Bewegung den Gürtel aus seiner Hose zog und mit der nächsten Bewegung ausholte, das sah sie immer noch vor sich.

Die Schlange, das war das Böse, das hatte sie im Religionsunterricht gelernt, aber auch als Uroboros ein Zeichen für die Ewigkeit. Schlangen waren elegant und unbegreiflich.

Sie war ja einmal am Abend mit dem Bus am Katharinenkloster auf dem Sinai angekommen. Dort, wo ein Mönch ihr den brennenden Dornbusch zeigte oder einen Nachfahren von ihm. Der Mönch wollte wissen, warum sie allein unterwegs war. Sie zeigte auf den Dschebel Musa, den Mosesberg. Dort wollte sie hinauf. Es war Vollmond und hell genug, um die vielen Hundert Stufen hinaufzusteigen. Schlafsack und Matte hatte sie dabei und oben würde sie den Aufgang der Sonne beobachten. Der Mönch schaute sie aus glühenden und gleichzeitig abweisenden Augen an. Es sei gefährlich als Frau, es sei unverantwortlich. Sie ließ ihn stehen. Hatte Moses dort oben nicht die Zehn Gebote empfangen? Eine Erkenntnis gäbe es dort vielleicht, man musste nur aus der Zeit schlüpfen.

Der Weg war mühsam, aber das störte sie nicht, es waren auch andere Pilger unterwegs, die man auf dem engen Weg und den Stufen kaum überholen konnte. Oben rollte sie ihren knisternden, orangefarbenen Schlafsack aus und legte sich in den Windschatten der Kapelle, neben die Zisterne. Der Vollmond beschien sie, es war alles gut, nur noch wenige Stunden bis zum Sonnenaufgang.

Sie musste eingeschlafen sein, der Morgen graute, alles war grau um sie herum, selbst ihr Schlafsack, sie sah ihn nur undeutlich, etwas lag ihr schwer auf der Brust, etwas beschwerte sie. Sie wollte sich aufrichten, frei atmen und da schlängelte eine graue, lange Schlange davon, die nachts Wärme gesucht und auf ihrer Brust geschlafen hatte.

Das Nacktfoto

– 25 –

In ihrer Familie waren Fotos nur selten in einem Album zu finden. Die meisten lagen in Umschlägen oder Schachteln oder schliefen als verblichene Dias aufgereiht in weißen Kästen. Nach dem Tod der Eltern verschwanden alle Fotos. Sie wurden verteilt. Manche Fotografien waren auch nicht mehr auffindbar. In ihrer Erinnerung versucht sie eine Ordnung in die Fotos zu bringen, aber sind nicht alle Ordnungen für die Erinnerung unsinnig und leer?
Wo ist das Foto geblieben, das ihr Vater von ihr geschossen hat, nachdem er die Badezimmertür unvermittelt öffnete und sie nackt vor ihm stand? Als sie sich nach dem Duschen gerade abtrocknete? Hatte sie die Türe nicht abgeschlossen? Sie sah nicht ihn, als er hereinstürmte, sie sah nur seine alte Kamera, die mit der braunen, schweinsledernen Hülle, die unter der Kamera baumelte wie ein Gemächt. Was ist aus dem Foto geworden? Sie war stumm gewesen. Oder war sie kurz empört gewesen? Falls sie etwas gesagt hatte, so weiß sie doch, dass der Vater nicht darauf einging, er sagte, dass er sich wundere, dass ihre Brüste so viel kleiner seien als die ihrer Mutter, damals, in jungen Jahren.

Machte man im letzten Jahrtausend Nacktfotos von seinen Töchtern? Der Vater ihres ersten Freundes zog stolz das Foto seiner Tochter aus seinem Geldbeutel, als sie einmal allein mit ihm war. Auf dem Foto lag seine Tochter, also die Schwester ihres Freundes, mit einem knappen Bikini am Strand in Spanien. Auf dem Rücken, entspannt, mit geschlossenen Augen, vielleicht schlafend, entwaffnet. »Ist sie nicht hübsch?« Hat der Vater gefragt. Die Schwester war wunderschön, aber vor allem war sie als Mädchen eigenwillig und klug. Das sah man auf diesem Foto aber nicht.

Der Brief

– 26 –

Das Netz ist das Gespinst der Parzen. Ich finde meine eigene Vergangenheit darin. Ich suche einen früheren Freund im Netz. Er heißt Peter Baker, es gibt so viele Peter Bakers. Sah er so aus?, frage ich mein Gehirn. Und plötzlich denke ich an Hannah, eine Freundin von Peter. Wie konnte ich sie nur vergessen. Ich war doch in sie verliebt.

Peter hatte mir ihre Adresse gegeben. Im Sommer 1982 klingelte ich bei ihr in New York. Als sie mir die Tür öffnete, sagte ich: »Ich habe dich schon einmal gesehen. Erst vor Kurzem, wo war das?« »Im Seminar meines Vaters in Berlin«, sagte sie. »Dann ist mein Professor dein Vater.«

Sein Bild taucht auf, wie wir, ihr Vater und ich, uns zufällig in der Berliner U-Bahn treffen. Er sitzt auf der anderen Seite des Mittelgangs. Er bewundert meine alte Aktentasche: »Was für ein schönes Stück!« Ein Erbstück meines Großvaters. Mein Großvater war Pfarrer. Sein Vater, Hannahs Großvater, war Rabbiner. Sie saßen getrennt auf Täter- und Opferseiten.

Die Enkelin eines Pfarrers, der Major war, verliebt sich in die Enkelin eines Rabbiners in New York. Ihr Vater, mein Professor, war vor dem Krieg nach New York geflohen. Ihre Mutter war Schriftstellerin gewesen und hatte sich nach Erscheinen ihres Romans über ihre unglückliche Ehe das Leben genommen. Hannah hatte eine schillernde, vorzeigbare Vergangenheit. Gerne hätte ich damals die Seite gewechselt. Hannah liebte mich nicht. Ich saß auf der falschen Seite

Ich habe Hannah vergessen. Später habe ich über eine Schriftstellerin gearbeitet, die es nie verwunden hat, dass sie aus einer Familie und einem Land von Tätern stammte. Auch sie hat sich das Leben genommen. Bei meiner zufälligen Recherche im Netz erfahre ich von einem Brief, der vor Kurzem gefunden wurde. Er belegt, dass meine Schriftstellerin ein Verhältnis mit meinem Professor, Hannahs Vater, hatte.

Ich habe gerade das Buch von Hannahs Mutter gelesen. Ich ahne, dass auch meine Schriftstellerin den Roman ihrer Vorgängerin gelesen hat. Die zwei Seiten beeinflussen, lieben oder hassen sich. Es gibt Fäden und ein Spinnennetz und manchmal erhascht man einen Blick darauf. Ich bin dabei, den Pulli aufzuribbeln. Ich habe Hannah geliebt, weil sie auf der anderen Seite saß. Wer will schon sein eigenes Leben leben?

Der Lackschuh

– 27 –

Am 12.2.1987 wollte mir Robert einen Gefallen tun. Es war der Vorabend meines Fluges nach Neuseeland. Ich kannte keine Menschenseele auf der südlichen Welthalbkugel. Robert erzählte mir von einem jungen Neuseeländer, den er eines Nachts in Wien an der Endhaltestelle der Linie 5 kennengelernt hatte. Er war gestrandet und Robert hatte ihm ein Bett für die Nacht gegeben. Robert wollte mir unbedingt seinen Namen aufschreiben, »damit du wenigstens eine Menschenseele dort unten kennst«, sagte er. Ich wollte keinen Anker dabei haben, der mich an Wien oder Robert erinnern würde. Aber ich wollte Robert nicht enttäuschen, und so schrieb er den Namen auf einen kleinen Zettel, den er vom Rand des *Schwäbischen Tagblatts* abriss. Der Zettel war mondsichelförmig und nicht größer als mein kleiner Finger. Ich legte ihn in meinen rechten Lackschuh. Ich hatte mir extra neue hochhackige Lackschuhe für Neuseeland gekauft. Als ich am Rand der windigen Insel im Regen auf dem Rollfeld auf das Flughafengebäude zulief, drückten mich meine neuen Schuhe. Nicht nur meine Schuhe waren deplatziert. Am gleichen Tag noch bezog ich mein Büro an der Uni. Es hatte Südfenster und die Heizung rasselte und gab keine Wärme ab. Ein Student klopfte an meine Tür, als ich gerade versuchte, meinen Schreibtischstuhl anzuwärmen. Der Student erklärte mir, dass die Sonne hier die Nordfenster wärmt. Aber mein Domizil war von einem europäischen Architekten Richtung Süden erbaut worden. Mir war kalt. Ich verbrachte folglich die Nacht mit dem Studenten. Als er am Morgen aus meinem inzwischen warmen Bett kletterte, fiel sein Blick auf den Zettel in meinem rechten Lackschuh. »Woher kennst du meinen Namen?«, fragte er mich.

Der Artikel

– 28 –

Am 30.11.1988 stand ein Artikel über eine Lyrikerin in der *Stuttgarter Zeitung*. Ein Verriss, eine Vernichtung. Ein Versuch, diese Dichterin auszulöschen. Ihr wird von einem I. A. vorgeworfen, dass sie hölderlinesk spricht, dass sie mit Förderungen überhäuft wurde, dass sie keinen eigenen Stil habe, dass sie epigonal sei. Als ich den Artikel las, tat mir die Dichterin unendlich leid. Ich begann mich dafür zu schämen, dass diese Dichterin das Licht der Welt erblickt hatte. Dass es einen Menschen geben sollte, der so schlechte Gedichte schrieb. Welche Pein, welches Desaster. Ich habe sie angerufen. Ich habe sie meiner Unterstützung und Zuneigung versichert. Ich habe gesagt, dass ich alles tun werde, um diese Beschmutzung von ihr abzuwaschen. Ich schäme mich täglich für sie. Ich dusche täglich. Ich schreibe ihr täglich ein Gedicht, das sie unter ihrem Namen herausbringen kann. Aber sie antwortet mir nicht mehr. Sie schweigt. Es war Teil unserer Abmachung, dass ich keine Kopie der Gedichte behalte. Dass ich sie ihr ganz selbstlos überlasse. Um ihren Schmerz zu lindern und um ihr Vertrauen zu nähren. Sie könnte einige Bücher mit meinen Texten füllen. Sie könnte berühmt werden.

Der fliegende Teppich

– 29 –

Es war der 26.1.1991, der Todestag meines Freundes, der durch seinen Tod zu meinem Mann geworden war. Das lag schon viele Jahre zurück. Jetzt war ich im siebten Monat schwanger. Mein Therapeut hatte Vaterstelle übernommen, für mich. Ich war 142 Stufen zu seiner Praxis hinaufgekeucht. Er wohnt in bester Wohnlage auf dem Berg. Ich saß außer Atem in seinem weichen, weißen Ikeasessel. Mir wurde schwummerig. Ich dachte, das liegt am Todestag. Ich wollte nicht über U.s Tod sprechen. Das hätte dem Kind geschadet. Also sprach ich darüber, dass der Vater des Kindes dieses Kind gar nicht wollte. Das Kind drückte und stieß mich in den Magen. Worüber sollte ich dann sprechen? Ich starrte seinen roten Orientteppich an. Ich verlor mich in seinem Muster. Wanderte durch einen arabischen Garten, es war Abend, die Zikaden sangen, Fackeln beleuchteten den Weg und es roch nach Jasmin. Jetzt sah ich es deutlich vor mir, ich könnte doch das Kind hier zur Welt bringen. Hier, auf diesem roten Orientteppich. Der Teppich würde abheben, ein fliegender Teppich, und über den Berg schweben. Ich würde meinem Therapeuten zuwinken und er würde zurückwinken. Es würde ganz leicht gehen, abheben und drücken wären eins. Das Kind im Arm würde ich weiterfliegen, weg aus meiner Kleinstadt. Weg vom Friedhof. Aber mein Therapeut enttäuschte mich. Nein, ich dürfe nicht auf seinem Teppich gebären. Er würde den Notarzt holen müssen, wenn die Wehen einsetzten. Warum war er so ein Schisser? So konventionell? War er doch sonst nicht. Wenn ich ihm peinliche Träume erzählte, dann schlug er seine Beine übereinander und seine Beinkleider knisterten elektrisch. Mir wurde immer schwindliger, ich bekam kaum noch Luft. »Darf ich aufstehen?«, fragte ich ihn. Schon tat ich es. Und dann Filmriss. Ich sah ihn über mich gebeugt. Seine Augen direkt über mir. Seine schönen, blauen Augen. Wie ein Teppich, zum Wegfliegen. Ein See zum Eintauchen. »Können Sie mich hören?« Ja, ich hörte ihn. Seine weiche Stimme. Ich lag auf dem fliegenden Teppich. Dann legte ich mich auf seine Couch. Das hätte ich schon längst tun sollen. »Sie haben Glassplitter im Haar. Sind sie verletzt?« Die Terrassentür war ein feines Spinnennetz und Glassplitter lagen weit verstreut auf dem roten Teppich.

Warten

– 30 –

Sie wollte unbedingt heiraten. Das wollten damals alle Mädchen. Aber sie war schon ein ziemlich altes Mädchen, das nichts mit ihrem Alter anfangen konnte. Irgendwann hatte sie aufgehört, die aktuelle Jahreszahl zu zählen, sie war stehengeblieben, als ihr Freund starb. Vielleicht. Dann begann ihr Warten. Nicht auf seine Rückkunft, dafür war sie zu klug, aber sie wartete auf etwas, das sie so stark berühren würde wie sein Tod. Oder stärker. So, dass es ihren Zustand beenden würde. Einen neuen Impuls oder einen Schmerz, der sie in Bewegung versetzte, aber er kam nicht. So alterte sie nicht, sie wartete. Ihr Warten war zeitlos.

Sie spielte ein bisschen Theater und bestellte sich im Blumengeschäft einen dunkelroten Brautstrauß. Nein, dem Mann war sie und alles, was mit ihr zu tun hatte, schon zu viel. Zu ihrer Scheidung brachten ihre zwei Freundinnen ihr einen bunten, kurzstieligen Rosenstrauß mit, der viel schöner war als ihr selbstgekaufter Brautstrauß damals. Sie gab ihrem Anwalt eine der Rosen, obwohl er sie nicht gut vertreten hatte. Danach ging es ihr besser, aber sie wusste immer noch nicht, auf was sie warten sollte. Es war ihre Hauptbeschäftigung. Schon morgens fing es an. Nach dem Tee. Sie wartete auf das Poppgeräusch einer Email. Auf die Nummer, die der Thunderbird unter seinen Fittichen trug. Sie wartete auf einen Anruf aus Hollywood, auf den Hunger, den Schlaf. Der Tod wäre vielleicht ein Schmerz, der groß genug wäre, um ihr Warten aufzulösen. Aber vielleicht würde mit dem Tod das richtige Warten erst beginnen. Sie fasste sich an den Hals, sie spürte einen Knoten in der Nähe ihres Kehlkopfes, sie spürte diesen pochenden Kopfschmerz, der anklopfte und eintrat, ohne zu warten. Etwas Starkes, einen klaren Wodka, um ihr Gefühl abzulöschen. Eine Sucht. Eine Suche, die endet. An einem Ort.

Schöne Geschichte

– 31 –

Das Leben sollte eine schöne Geschichte sein, die ich mir selbst erzähle. Ich las diesen Satz bei Simone de Beauvoir. In ihren *Memoiren einer Tochter aus gutem Hause*. Dieser Satz wurde mein Leitspruch. Aber der Mann spielte seine ihm zugedachte Rolle schlecht. Er änderte sein Skript. Das Leben ist keine Bühne und die Bretter bedeuten nur die Welt. Auch keine schöne Geschichte, die ich mir selbst erzähle. Eine Scheißgeschichte. Ich habe die falschen Bücher gelesen. Die schöne Geschichte hab ich mir nicht erfunden, weil ich mich auf Mitspieler angewiesen wähne. Und diese Mitspieler ihre Rolle nicht ausfüllen. Weil sie einen anderen Text einstudiert haben. Weil sie aus der Reihe tanzen oder ihren Einsatz verpassen. Weil die Umstände, und so weiter. Weil es den schönen Monolog noch nicht gibt. Ich sollte die schöne Geschichte jetzt beginnen, eine Geschichte, in der es außer mir niemanden gibt und die ich mir selbst erzähle, ohne mich zu langweilen. Aber da liegt das Problem.

Das Seminar

– 32 –

Am 20.10.1999 fuhr mein Mann auf ein Weiterbildungsseminar. Es fand hinter den sieben Bergen statt. Der Ort war sehr geheim. Ich saß mit den Kindern zuhause und hatte ein mulmiges Gefühl. Ich rief eine Freundin an. Die sagte, »mach dir keine Sorgen, sie nennen es Tantra, aber eigentlich nehmen sie LSD und Pilze und fühlen sich frei. Danach wird es ihm besser gehen.« Ich beauftragte eine Detektei mit der Beschattung. Sie sagten, dass sie schon eine Frau als Köder auf das Seminar geschickt hätten. Einigen Ehefrauen waren dort schon ihre Männer abhandengekommen. Eine Frau, deren Mann sich nach einem Seminar von ihr getrennt hatte, hätte sich umgebracht. Die Staatsanwaltschaft sei alarmiert, aber in der Schweiz sei diese Art von Seminaren erlaubt. Ich solle selber dorthin fahren. Aber ich wusste nicht, was ich mit unseren kleinen Kindern machen sollte. Ich wollte auch meinem Mann nicht in die Arme laufen. Hätte das nicht nach Misstrauen ausgesehen? Die Rechnung und der Bericht der Detektei kamen nicht. Sie entschuldigten sich damit, dass ihr Köder krank geworden sei. Mein Mann trennte sich nach dem Seminar von mir. Seine neue Frau ist ihm dort in die Arme gelaufen. Sie war für die Detektei tätig. Ob sie Geld für ihren Einsatz bekommen hat, habe ich nie herausgefunden.

Das Mädchen ohne Hände

– 33 –

Im Märchen missbraucht der Vater seine Tochter nicht. Da heißt es anders. Da ist es der Teufel, der den Vater verführt. Und der Vater muss seine Schuld tilgen, indem er dem Mädchen die Hände abhaut. Das Opfer wird bestraft. Das nennt man Verschiebung. Also: Der Vater verriet die Tochter und hieb ihr die Hände ab. Sie hatte stillgehalten und es für ihn getan. Im Märchen wie im Leben tut man alles für Vater und Mutter oder für ein bisschen Hoffnung auf Liebe. Sie konnte weinen, das hatte sie nun davon, und sie konnte singen. So zog sie durch die Welt. Die Welt war gut zu ihr, das ist oft so im Märchen, wenn Vater und Mutter das Kind verstoßen. Die Welt ist immer besser als die Kindheit. Aber ihre Hände wuchsen nicht mehr. Da konnte auch die Liebe zu einem veritablen König nichts ausrichten, weil dieser veritable König nur ein Scharlatan war. Sie bekam einen Sohn von ihm und nannte ihn Schmerzensreich. Das nennt man auch Verschiebung. Sie lebte im Wald. Der Wald ist meist die Rettung und die Zeit auch. Sie wartete, ohne zu warten, und Schmerzensreich wurde groß. Der König erkannte, was er ihr angetan hatte, das ist nur im Märchen so. Im Leben kommt so etwas, wenn überhaupt, nur vor dem Tod. Und auf den wartete das Mädchen ohne Hände auch. Schmerzensreich hatte sie verlassen, er war in die Pubertät gekommen und hatte ihr die Meinung gegeigt: Dir geht es immer schlecht, werde endlich erwachsen und übernimm deinen Teil der Schuld. Das konnte das Mädchen nicht, sie war in einer alten Märchenzeit festgezurrt und die Zeit von Schmerzensreich war ihr versperrt. Sie wollte auch den König nicht wiederhaben, der hatte eine andere Königin gefunden. Schmerzensreich lebte jetzt bei ihnen. Sie blieb im Wald. Sie blieb für sich. Niemand berichtete mehr von ihr.

Anhungern

– 34 –

Sie wollte ihm etwas anhungern. Sie hatte ihm die Flucht ermöglicht. Dort, wo die Tradition des Anhungerns herkam, hatte er keine beruflichen Entfaltungsmöglichkeiten, behauptete er. Sie brachte ihm Deutsch bei, arbeitete, während er studierte, und versorgte die drei Kinder. Sie machte es ihm behaglich in der Fremde. Die Kinder waren nacheinander aus ihr herausgepurzelt, während er davon träumte, Guru zu werden. Dort, wo er herkam, gab es noch Schamanen. Er wollte ein eigenes therapeutisches Verfahren entwickeln, das er der Tradition seiner Vorfahren entlehnte, und es mit LSD, Ecstasy und Pilzen kombinieren. Er war nicht erfolgreich, aber sie glaubte an ihn. Er hatte die Wüste in seinen Augen, die Jurte zusammengefaltet in der Ecke stehen und er gab ihr das Gefühl, dass er jeden Moment aufbrechen könnte. Jeden Moment könnte alles anders werden. Als seine Ausbildung abgeschlossen war, machte er sich als Schamane selbstständig. Die Arbeitsagentur unterstützte ihn. Sie konzipierte seine Flyer, zahlte die Kosten für den Grafiker und mietete die Praxis, die aus einer Einliegerwohnung im Souterrain bestand. Ihr wurde immer mulmiger. Während die Kinder groß wurden, schloss er sich in seiner Praxis ein und hörte abwechselnd Rock und Esomusik. Wenn er arbeitete, hing das *Do not disturb*-Schild an seiner Tür. Das Kind sagte: »Ich darf Papa nicht stören, er atmet.« Dann aßen sie allein. Sie fuhren auch ohne ihn auf den Campingplatz an den Atlantik. Papa musste arbeiten. Als sie heimkehrten und die Kinder die Treppe in die Praxis hinunterstürmten, ahnte sie die Katastrophe. Die Jurte lehnte in der Ecke. Das *Do not disturb*-Schild hatte er mitgenommen. Sie wollte ihm etwas anhungern, aber sie wusste nicht wie.

Im Kloster der unschuldigen Frauen

– 35 –

Er hatte ihr übel mitgespielt und sie musste sich rächen. Wie konnte sie das Pech, das er über sie gegossen hatte, wieder abwaschen? Nicht nur, dass er von heute auf morgen zu seiner Freundin gezogen war, die er am Wochenende kennengelernt hatte, er sprach auch gleich von einem Wir, das an nur einem Wochenende gewachsen war.

Er hatte jahrelang auf ihre Kosten gelebt. Jetzt war er mit seiner Ausbildung fertig und zog zu einer anderen Frau. Als sei sie seine Mutter gewesen, erwartete er auch noch, dass sie ihm zum Abschied winkte. Sie schenkte ihm das Buch *Schlimme Ehen*. Verwechselte er sie mit seiner Mutter? Die war so freundlich und sagte: »Ohne die neue Freundin hätte er sich doch gar nicht von dir trennen können.« Sie verstand, dass er sich von seiner Mutter trennen musste. Aber musste diese Verwechslung sein?

Ihr Anwalt meinte, es gebe da eine Sippe von Albanern, die habe er mal rausgehauen, er hätte noch etwas gut bei denen, ob die ihm mal eine Abreibung verpassen sollten? Aber sie fürchtete die Konsequenzen. Immer hatte sie Angst vor den Konsequenzen. Vor einer Kausalität. Sie war selbst einmal fremdgegangen und schon ging er in die Fremde.

Rache. In Lettland gibt es einen Strauch mit giftigen Beeren, sieht aus wie ein Thujabaum, aber mit roten

Beeren. Sie fuhr extra dorthin, um sie zu sammeln, trocknete die Beeren und nahm sie mit. Aber wie sollte sie sie ihm unters Futter mischen? Ihr Anwalt meinte, bei Mord würde sie ins Gefängnis kommen. Und ob sie es dort auch aushalten würde. Ohne ihre Kinder, ohne Bewegung, ohne Reisen? Ob dieses Opfer nicht eine zu große Ehre für ihren bald Ex-Mann darstellen würde? Er nahm Drogen, sagte der Anwalt ihr, würde er sich nicht selbst genug schaden? Und in seinem eigenen Leben nicht genug Schaden anrichten? Er schlug ihr vor, erst einmal als Freigängerin im Gefängnis zu arbeiten, um diese Existenz auszuprobieren. Im einzigen Frauengefängnis, das es in ihrem Land gab, bekam sie auf Stundenbasis einen Job als Freizeitberaterin. Es war ein umgebautes altes Kloster und im Hof stand eine Plastik von Niki de Saint Phalle, die ihr gleich gefiel.

Sie musste hinter einer Frau mit Schlüsselgewalt hergehen. Mit ihrem dicken Schlüsselbund schloss diese ständig Türen auf und zu. Die Schlüssel waren überdimensional wie in ihren Träumen und sie schlugen an wie metallische Glocken, wenn sie gegen die schweren Türen rumsten. Das Geräusch verfolgte sie bis in ihre Träume. Vielleicht kam es ursprünglich auch aus ihnen.

Die Frauen waren alle nett zu ihr und hofften, sie würde Kassiber für sie rausschmuggeln. Oder Geschichten. Sie alle hatten Geschichten zu erzählen, aber ob sie wahr waren? Sie hatten Angst, die Geschichten aufzuschreiben, es gäbe keine Möglichkeit, sie vor den Augen der anderen zu verstecken, und diese würden sie ausplaudern oder stehlen. Mit gestohlenen Geschichten kannte sie sich aus. Also ließ sie sich die Geschichten erzählen und schrieb sie außerhalb des Klosters auf. Aber alle Geschichten waren gleich, die Frauen waren alle unschuldig, waren alle von ihren Männern, Geliebten oder Zuhältern ausgenützt worden. Ausgeweidet wie Weihnachtsgänse. Damit kannte sie sich aus. Mit diesem Gefühl.

Wie sollte sie eine Geschichtenwerkstatt leiten, wo dies schon eine Fabrik der Geschichten war? Es wurde erzählt und gelogen, geglättet und geschwindelt, sie konnte den Frauen nichts beibringen. Für Reimstrukturen interessierten sie sich nicht. Für Refrains schon. Wahrheit war nicht großgeschrieben. Niemand kannte sie. Vielleicht die Direktorin, aber die saß hinter verschlossenen Türen. Bis zu ihr kam sie nie vor.

Aber sie sagte auch nicht die Wahrheit, dass sie einen Feldversuch machte: Ich wollte nur mal ausprobieren, wie sich das anfühlen könnte, wenn man seinen Mann zu Recht umgebracht hat. Wie sich Rache mit der Zeit verändert. Wie das Verhältnis von Zeit und Rache sich entwickeln würde. Würde die Zeit lang werden und die Rache kurz? Würde sie die Tat einmal bereuen? Sie würde ihre Kinder vermissen, das war das wichtigste Argument. Und, dass sie sich im Gefängnis auf schwankendem Boden befinden würde, das spürte sie. Das Gefängnis bestand aus schweren, großen und grobbehauenen Steinen. Gleichzeitig befand sich das ganze Kloster auf schwankendem Terrain, auf dem Meer bei hoher Windstärke. Ein Schiff, das sich Gemeinde nennt. Diese Melodie wurde ein Ohrwurm. Sie fuhr jede Woche ins Kloster. Sie meditierte über die Lüge. Sie half den Frauen, die schon weiter waren als sie, ihre Lage zu beschreiben.

Sie machte das so gut, dass ein neues Projekt erfunden wurde. Lieder sollten für die 500-Jahr-Feier des Klosters geschrieben werden. Die Texte mochten die Lügerei nicht. Kein Reim gelang. Sie versuchten es mit Binnenreimen, mit Refrains, mit Slamtexten. Rache ist Schwert, Rache ist Schmerz. Aber alle waren unschuldig, das war der Refrain. Sie hatten nicht vom Baum im Paradies genascht.

Suche

– 36 –

Schon vor zwanzig Jahren habe ich meinen Weg verloren. Seither irre ich durch die Städte und warte, dass ich an den Ausgangspunkt zurückfinde. Mit Hilfe des Zufalls. Ich verfolge Jenny. Sie gefällt mir. Sie geht mit ihrem Wolfshund durch die Straßen. Ohne Leine. Der Hund liegt vor ihrem Laden auf der Straße. Jenny lebt darin. Aber sie verkauft nichts. Es gibt dort nichts zu kaufen. Wenn ich ihren Laden betrete, ertönt die bekannte Glocke. »Was willst du?«, fragt sie mich. »Frieden«, sage ich. »Genugtuung. Gerechtigkeit.« Wir schreiben die Worte auf Papier und legen sie ins Schaufenster. Vielleicht kommt ein Käufer vorbei, der uns diese Dinge zum Geschenk macht.

Freiheit

– 37 –

Jenny sagt, sie sei frei. Ich bin es nicht. Ich habe Sex, sie hat keinen. Sex macht unfrei, ich weiß, aber ich kann das nicht sublimieren wie sie. Ich bin nicht verheiratet. Wenn man verheiratet ist, braucht man keinen Sex. Den hatte man zu Beginn und wenn die Kinder da sind, dann hat man andere Sorgen. Jenny bedauert mich, Sex sei doch austauschbar, sagt sie, Männer dafür gibt es an jeder Ecke. Ich verneine, Sex ist verschieden mit jedem Mann. Zumindest theoretisch. Ich kann immer nur einige Zeit darauf verzichten. Dann habe ich plötzlich Angst, dass mein Freund stirbt, und ich rufe ihn an. »Lebst du noch?« Er kennt die Frage schon. Er ist der große Unabhängige. Er ziert sich und zickt. Will ich lieber verheiratet sein? Und frei?

Der Schweinebraten

– 38 –

Als Jennys Mann Jenny eröffnete, dass seine Studentin ein Kind von ihm erwarte, standen sie gerade in der Metzgerei und kauften einen Schweinebraten. Jennys Mann machte den besten Schweinebraten und heute Abend kam Renate, Jennys Vorgängerin, zum Abendessen. Jenny fing zu weinen an, machte aber beim Abendessen gute Miene. Sie versprach, Renate nichts zu sagen. Sie alle waren seine ehemaligen Studentinnen. Aber sie hatten sich nicht geweigert, abzutreiben. Nach dem Essen packte Jennys Mann den restlichen Schweinebraten in eine Tupperschüssel und fuhr damit zu seiner schwangeren Geliebten. Jenny hätte sagen können, er hat seiner Studentin einen Braten reingeschoben, jetzt bringt er ihr auch noch unseren Schweinebraten mit. Aber Jenny schwieg und übergab sich, ohne schwanger zu sein.

Der Autor

– 39 –

Er wolle mich kennenlernen. Ich solle ein Lektorat für ihn übernehmen.

Wir trafen uns am 15.5.2006 im Café Schöne Aussichten. Er sah ganz normal aus, so wie Schriftsteller manchmal aussehen, unauffällig, gescheitelt, arm. Die Aktentasche schon in der dritten Generation. Er lud mich zu sich nach Hause ein, das Manuskript wäre so umfangreich, er hätte es nicht ins Café mitbringen mögen. In seiner Diele war eine große Sprossenwand, darunter stand eine zweite alte, schweinslederne Aktentasche und aus der holte er keine Blätter, sondern Stricke. Gute, lange, haltbare Stricke. Sein Roman sei ein ganz neuer, interaktiver Roman und meine Rolle sei es, ihn an die Sprossenwand zu fesseln, mit ausgebreiteten Armen, so wie Jesus am Kreuz. Er hatte sich ausgezogen und ich musste ihm noch einen Lendenschurz umbinden, aus einem blauweißgestreiften Küchenhandtuch. Ich weiß nicht, warum ich es tat, aber ich war schon Teil seines Romans, ich hatte schon begonnen zu lesen und konnte nicht aufhören. Die Stricke waren zuerst hart in meinen Händen, aber mit der Zeit bekam ich Übung. Jetzt hing er da wie das Leiden Christi, ein moderner Märtyrer. Plötzlich regte sich sein Glied und er sprach wie um sein Leben, er war nackt und bloß. Er tat mir leid, aber ich wollte mir meine Hände nicht schmutzig machen. Ich rannte die Treppe hinunter, er schrie mir hinterher, ich solle die Stricke lösen, auf der Straße hörte ich ihn noch immer schreien, es klang jämmerlich und ich ging wirklich wieder zurück, langsam, und band ihn los. Er hatte einen weißen Umschlag vorbereitet. Ich ließ ihn liegen.

Die Sterntaler

– 40 –

Am 3.12.2006 fuhr sie in den Wald. Sie parkte ihr Fahrrad auf einem Wanderparkplatz direkt unter einem Schild mit einem Ehepaar. Genauer gesagt war es das Piktogramm eines Mannes und einer Frau. Von der Seite. Ein Sehnsuchtsbild in blauweiß. So sollten Menschen eigentlich durch die Welt gehen, paarweise, beschwingt und mit einem Ziel vor Augen.

Sie war allein auf dem Parkplatz. Es war Winter und keine Menschenseele zu sehen. Nur diese Lichtung dort vorne, wo der Schnee das Licht bündelte, dort zog es sie hin. Sie zog sich aus und legte ihre Kleider eines nach dem anderen säuberlich zusammengefaltet in ihren Fahrradkorb. Die Jacke und die Hose, den Pulli und die Mütze, das langärmelige Unterhemd und die Strumpfhose. Ihre Winterstiefel und den Rucksack stellte sie neben das Fahrrad, das sie nicht abschloss, und ihre Unterhose und den BH legte sie zuletzt auf den Stapel. Dann holte sie ein kurzes Nachthemd aus ihrem Rucksack und zog es an. Der Boden war schneebedeckt und an einigen Stellen vereist. Ihre nackten Füße rutschten aus und kleine Steinchen gruben sich in ihre Fußsohlen, die zu brennen begannen. Es wurde dunkel und nur die schneebedeckte Lichtung und ihr Nachthemd leuchteten. Die Lichtung war ihr Ziel. Sie ließ sich affengleich auf Hände und Füße nieder. Sie ballte ihre Hände zu Fäusten und stützte sich wie eine Schimpansin auf. Sie erreichte das weiße Feld nur mit Mühe und richtete sich auf. Ihre Füße spürte sie kaum noch und das Herz pochte in ihren Fäusten. Sie nahm den Saum ihres Nachthemdes zwischen ihre Finger, blickte in den dunklen, trostlosen Nachthimmel hinauf und wartete.

Kein Stern war zu sehen und kein Licht fiel vom Himmel. Ihre Mutter erschien ihr nicht. Auch der Therapeut, den sie im Fernsehen gesehen hatte, tauchte nicht auf. Er hätte ihr Worte vorgesprochen, die sie leise hätte nachsprechen müssen: »Mutter, ich habe es für dich getan.«

Sie tat es für das Jobcenter. Die Schlange war heute so lang gewesen. In der Tafel hatten die Nummernkarten nicht für sie gereicht. Die Theodizeefrage war nicht beantwortet. Sie tat es für die Märchen der Gebrüder Grimm. Sie hatten unrecht. Waren reinstes Opium für Mädchen. Ihre Füße begannen wieder zu brennen. Sie hörte ein Flugzeug im Landeanflug. Der Nachthimmel blieb sprachlos. Sie sprach aber laut in die Nacht: »Mutter, ich habe nichts für dich getan. Gar nichts.« Dann brach sie ihr Experiment ab und ließ den Film rückwärts laufen. Niemand hatte ihr Fahrrad geklaut. Die Kleider lagen sorgfältig gestapelt im Dunkeln. BH und Unterhose lagen zuoberst, geradezu einladend. So als hätten sie auf sie gewartet.

Selbstmitleid

– 41 –

Jenny beschließt am 21.11.2007, dass sie das Thema bearbeiten müsse. Nein, ohne den Rat ihrer Therapeutin. Sie beschließt, ihr Leben von nun an diesem Gefühl zu widmen und ganz bewusst diesem Vergnügen zu frönen. Ab sofort will sie nur noch dafür leben und alles andere vernachlässigen. Vielleicht wird sie etwas herausfinden. Gemeinhin wird »es« als etwas Verachtenswertes dargestellt.

Es passt nicht in unsere Welt, in der alle nach Erfolg streben. Das Gefühl des Verlierers. Jenny geht durch die Straßen ihrer Stadt. Die Menschen haben alle ein Ziel. Sie hat kein Ziel, aber sie tut so, als hätte sie auch eines. Sie stellt fest, dass sie gerne unglücklich ist, es ist ein sehr wohliges, bekanntes Gefühl. Sie wird an einem MBCT-Kurs teilnehmen. Sie wird auf sich achten lernen. Niemand sonst tut es. Da draußen ist niemand.

Selbstmitleid, Variation

– 42 –

Mein Vater ist schuld, wenn mir meine Finger erfrieren, warum kauft er mir keine Handschuhe? Mein Vater hat mir nie Handschuhe gekauft. Es war meine Mutter. Sie war nicht schuld. Sie fand auch einen Schuldigen. Meinen Vater, den Krieg, das Leben, ihre Tochter.

Jetzt ist mein Freund schuld. Wenn es mir richtig schlecht geht, dann wird er kommen und an meinem Bett stehen oder am Grab. Ich werde eine Videokamera installieren. Es soll nicht vergeblich sein, das Wünschen.

Die Anzeige

– 43 –

Weil mein Freund mich nicht heiraten will, gab ich am 24.5.2008 eine Anzeige in der *ZEIT* auf: *Retter gesucht.* Leider hat die Anzeigenannahmestelle aus meinem Retter einen Ritter gemacht. Sie begründeten dies nicht mit der spätneuzeitlichen Lautverschiebung, sondern damit, dass sie eine Partnerschaftsvermittlung seien und keine Arbeitsagentur. Ehrlich gesagt, suchte ich einen Mäzen, aber das durfte auch nicht in der Anzeige auftauchen.

Ich erhielt drei Briefe. Ein potenzieller Ritter war Cellist, einer war Yogalehrer und der dritte Heilpraktiker. Mein Freund hat drei Berufe, er ist Cellist, Yogalehrer und Heilpraktiker. Ich legte die drei Briefe aufeinander und presse sie seither unter einem Bücherstapel. Nachts rasseln die drei Ritter unter dem Bücherstapel und mein Freund rasselt im Schlaf mit ihnen. Vielleicht hat er die drei Briefe geschrieben? Vielleicht ist dies seine Rache an meiner Rache? Vielleicht rasselt auch das Schicksal und bezichtigt mich der Unbescheidenheit. Die heilige Dreifaltigkeit liegt neben mir und schnarcht.

Meine beste Freundin

– 44 –

Unsere Vorgängerinnen waren beide lesbisch geworden. Nur so hatten wir unsere Männer gekriegt. Wir empfanden das als Makel. Wir fragten uns, wie es dazu kommen konnte. Wir meinten, das könne nicht nur an unseren Vorgängerinnen liegen, sondern das müsse auch etwas mit unseren Männern zu tun haben. Gab es da vielleicht noch weitere Gemeinsamkeiten? Sie spielten beide Golf, waren beide nicht gerade praktisch veranlagt und verschwanden am liebsten in ihren Arbeitszimmern. Über ihre sexuellen Vorlieben sprachen wir eher ungern, weil das auch mit uns zu tun haben könnte. Hatte das Lesbischsein unserer Vorgängerinnen vielleicht auch etwas mit uns zu tun? Wir überlegten, ob wir nicht auch lesbisch werden könnten. Aber dann wären unsere Männer frei. Das gönnten wir ihnen nicht. Außerdem waren wir beste Freundinnen, warum sollten wir unsere Freundschaft mit Sex belasten?

Medusa

– 45 –

Am 11.11.2008 hörte ich das Wort Medusa. Schon legt sich mir das Ende eines roten Fadens in die Hand und ich streife durch das Labyrinth. Ich beginne zu recherchieren, in meinem Gedächtnis, im Internet, in den Büchern, und ich treffe mich, wie ich mich immer in der Welt treffe, auch in der Medusa. Ich lebe in einem Spiegelkabinett. Medusa, die keine Medusa war, sondern ein Hörfehler, es ging um eine Meduse, eine Qualle, die aber auch Medusa genannt wird. Aber jetzt die schöne Medusa mit den verführerischen Haaren. »Das Schönste an dir sind deine Haare«, sagte meine Mutter. Aber dann wurde Medusa von dem Meergott Poseidon höchstwahrscheinlich vergewaltigt. Sie hatte eine »Buhlschaft« mit ihm, nennt das Schleiermacher beschönigend, und das noch in einem Tempel. Sie wurde bestraft, wer sonst? Ihre Haare verwandelten sich in Schlangen, ihr hässlicher Blick kann von nun an Menschen versteinern. Das Unrecht setzt sich fort. Bis Perseus kommt und ihr den Kopf abhaut. Dann kommt das Kind hervor, der Bastard von Poseidon. Pegasus, das geflügelte Pferd, das Schriftstellerross. Schon wieder bin ich bei mir. Alles meins, wie Kinder sagen.

Medusa war auch ein Floß, das die Überlebenden einer Schiffskatastrophe vor Afrika aus den Planken der Fregatte Medusa zimmerten. Kein guter Name. Die Fregatte lief 1816 ohne Not auf Grund, weil der Kapitän Hugues Du Roy de Chaumareys, der seine Karriere nicht auf See, sondern in den Emigrantensalons von London gemacht hatte, die Seekarten nicht lesen konnte. Das Floß war 8 mal 15 Meter groß und musste 149 Menschen aufnehmen. Eines der 6 Rettungsboote sollte das Floß an Land ziehen. Aber die Seile wurden gekappt. Auf dem Floß brach Kannibalismus aus, von den 149 konnten nur 15 Männer gerettet werden.

Ich treibe mit Ovid und den Folgen wie die Überlebenden einer Schiffskatastrophe auf dem Floß der Medusa auf dem Meer. Ohne Not lief sie auf Grund, weil ich nicht nachgedacht habe, weil der Kapitän kein Kapitän war und die Karten nicht konsultierte, wie ich keine Schlussfolgerungen zog aus Gedanken und Erfahrungen, mich immer nur treiben ließ, wie der Kapitän, der in den Emigrantenzirkeln keine Karten las, wie ich keine Bücher, sie nur in die Regale stellte und dachte, mir kann nichts passieren, unverwundbar, nackt, einfach nackt. Essen wird knapp, der Schiffszwieback wird feucht, es wird gekämpft Mann gegen Mann, nein, die Offiziere haben Säbel, sie haben die Soldaten entwaffnet, mich schützt, dass ich ein Mädchen bin, die einzige Frau. Den Wein verlängern die Männer mit ihrem Urin. Ich werde von Poseidon höchstpersönlich vergewaltigt, sie binden mich an den Mast, unter die aufgehängten Leichenteile. Dort trocknet das Menschenfleisch, mit dem die Männer überleben. Sie trinken, was aus mir herausläuft, Meer macht durstig, Blut macht Rausch.

Meine Haare verwandeln sich in Schlangen, weil man mir die Schuld gibt. Wir sind auf See und ich werde bestraft, weil sie mich brauchen und nicht über Bord werfen wie die anderen, die Schlangen sind gute Schlangen. Mein Körper wird ein Panzer, mein Blick kann töten. Und Medusa überlebt als Bild, ihr abgeschlagener Kopf ziert das Schild von Pallas Athene.

Prophezeiung

– 46 –

Am 25.11.2008 lässt sich mein Freund scheiden. Er möchte nicht, dass ich ihn abhole oder treffe. Mit meiner Freundin gehe ich in der Nähe des Gerichts spazieren. Ich schaue hypnotisiert in die Richtung, aus der er kommen muss. Wie ein Schloss sieht das Gericht aus. Die geschwungene Treppe. Dort könnte man Hochzeitsfotos machen. Ich bleibe stehen, er wird gleich herauskommen. Frisch geschieden. Ich drehe mich um, er sitzt direkt hinter mir hinter einer Glasscheibe im Café. Seine Frau, nein, seine Exfrau, ihm gegenüber. Ich gehe schnell weiter. Er hat mich wahrscheinlich nicht gesehen. Später sehe ich seine Exfrau von hinten. Geht sie nicht etwas gebeugt? Ist diese Scheidung auch für sie ein Versagen? Ich gehe einen Kaffee trinken und bin froh, dass ich meine Scheidung hinter mir habe. Erleichterung macht sich breit. Auch Trauer. Er hat mir prophezeit, dass seine Scheidung auch unsere Trennung sein wird. Ich erfülle ihm seinen Wunsch. Ich musste nicht einmal Ja sagen.

Penthesilea

– 47 –

Nein, eine Brust hatte sie sich nicht weggebrannt. Aber sie konnte kämpfen. Immer um Dinge, bei denen sie garantiert nicht siegen konnte. Erfolglose Kämpfe waren ihre Stärke, sie lief dabei zur Höchstform auf. Ihr Freund sah gerne aus dem Hintergrund zu und räsonierte über ihre vergeblichen Bemühungen. Wenn es Streit gab, die Vorstufe zum Kampf, floh er und streckte die Waffen. Wenn er die Türklinke in der Hand hatte, bat sie ihn zu bleiben. Sie floh in den Kampf, wie er vom Schlachtfeld. Sie verfehlten sich. Sie provozierte ihn. Sie nannte ihn einen Feigling. Sie zeigte ihm ihre blitzenden Waffen. Sie verhöhnte ihn. Er wollte sie nicht töten, seine Flucht machte sie klein und ihre Waffen lagen glanzlos in der Ecke. Sie kämpfte um ihn, denn er war nicht zu haben. Wer will schon siegen? Verlieren wollte sie, wie ihre ältere Schwester. Die stand unter einem größeren Gesetz, einer alten Schuld. Sie stand unter Hormonen und Schmerzerinnerungen, die sich wie Autobahnen in ihr Hirn eingeschrieben hatten. Wo waren die Trojer, die ihr zu Hilfe eilten, die Schwestern im Kampf? Sie musste sich selbst die Wunden verbinden, die sie sich zugefügt hatte. Sie ritzte sich ohne Messer. Sie war gut.

Genoveva

– 48 –

Ich ging in die Wälder wie die heilige Genoveva und dort, in einer alten Backstube, buken die Männer Brot. Zweimal im Jahr kamen sie mit großen Säcken voll Mehl, schütteten sie in einen Backtrog und rührten würzigen Anis, Fenchel, Kümmel und Koriander dazu. Ich verstand ihre Sprache nicht, sie wollten, dass ich ihnen helfe, und ich wollte sein wie die heilige Genoveva, duldsam und rein. Ich konnte bald besser kleine Brötchen formen als der alte Bäcker. Zwei Brotkugeln saßen nebeneinander wie zwei Menschen auf einer Bank. Ich setzte sie auf lange Bretter, die mit gewirktem Leinen bedeckt waren. Ich mochte ihren starken Duft und die Wärme in der Backstube. Die Arme des alten Bäckers verschwanden in der Tiefe des Trogs und ihm standen Schweißperlen auf der Stirn vom Kneten. Ich musste sie ihm mit dem Handtuch abwischen, »sonst wird der Teig zu weich«, sagte er und lachte. Die Männer waren von jedem Alter einer, sie lachten über ihre gurgelnden Witze, die ich nicht verstand. Ich knetete Kugeln, legte sie aneinander und träumte dazu, währenddessen saßen die Männer bei Jassen und Watten und ich war ihr Einsatz.

Die Sprache und anderes würden sie mir schon beibringen, riefen sie und forderten mich auf, mit ihnen zu trinken. Es gab selbstgeschnittenes Sauerkraut mit Würstchen im Darm, das Fleisch von selbstgeschossenem

Wild. Der Jüngste war Jäger. Dazu weißen, dann roten Wein. Der Zweitjüngste hatte mich für sich verbucht, die zwei Älteren wären zu alt, der Jüngste zu jung, er zwinkerte mir zu, wenn er die Bretter mit Broten belegt in die Wärmstube trug, auf dem Rückweg zwickte er mich aufmunternd in den Arm, aber ich formte kleine, runde Brote, wohlig duftete es in der alten Backstube aus Holz wie im Bauch des Wals.

Der Wein stieg mir zu Kopf, im Darm rumpelte mir das Wild. Ich wollte weder Jassen noch Watten, ich warf die Karten hin und ging in die Wälder. Der Kuckuck rief.

Romula

– 49 –

Ich traf ein Mädchen, das nannte sich Romula, wie aus der Geschichte. Sie war ausgesetzt worden in den Wäldern, nicht von armen Eltern, der Vater hatte sie immer angeschaut mit glasigen Augen und ihr mit dem Zeigefinger gedroht. Die Mutter war blank gewesen vor Eifersucht. Eine Wölfin nahm sich ihrer an, wie in der Geschichte, gab ihr zu trinken, ließ sie an ihrem Fell schlafen und leckte ihr Gesicht in den Schlaf. Sie lernte balgen mit den Wolfsjungen, die sie bissen und vertrieben. Sie zeigte mir grünen Heinrich, Brennnessel und Löwenzahn. Im Brennnesselbeet brannten wir uns verwundbar, ihre Beine waren behaart wie die einer Wölfin, sie legte sich auf den Rücken und bot mir ihren Mund und Hals.

Als sie nicht mehr aufstand, riss ich Löwenzahnblüten ab, streute sie über sie, pflückte mir einen Strauß Brennnesseln und verließ den Wald.

Märchen 2

– 50 –

In einer Stadt fand ich eine Wohnung mit einem weiten Blick, dort würde mich niemand vermuten. Überhaupt gab es niemanden, der nach mir suchen würde, aber man wusste nie, wie im Wald versteckte ich mich. Ich konnte in andere Leben hineinschauen wie in eine Wohnung, ich sah sie schlafen, pinkeln, küssen, spielen, trinken und putzen, und es langweilte mich nie. Ich blickte auf allerhand Friedhöfe, über denen der Sommermond aufging, man weiß nie, wann sie einen holen kommen. Manchmal klingelte das Telefon in einer der anderen Wohnungen, wie in meinem Leben, und ich meldete mich und sagte, ich suche eine Wohnung, aber alle suchten eine Wohnung, während ich ein Leben suchte. Über dem Friedhof ging schon wieder der Mond auf und loderte mich an.

Ich zog die Vorhänge zu und die Leben der anderen verschwanden, jetzt sah ich sie wirklich sich küssen und trinken und die, die ich kannte, lachten über mich. Ich herrschte meine Bilder an, schlafen zu gehen. Sie verzogen sich artig unters Bett, aber ich wusste, dass die anderen sich wirklich küssten, nur nicht in den Wohnungen, die ich sah, da saßen sie nur vor flimmernden Kisten, aber in den abgelegenen Zimmern küssten sie sich und tranken und lachten. Sie lachten nicht über mich, niemand kannte mich, ich zog die Bettdecke über den Kopf und beschloss, die Wohnung zu wechseln.

In die Berge, vielleicht in die Berge. Sie sehen aus wie kitschige Bilderbögen auf einer Bühne, die man am Schnürchen aufziehen kann. Ich studierte stundenlang ihren Faltenwurf im Morgenlicht, im Mittagslicht, im Abendlicht, immer änderte sich etwas, es lenkte mich ab, ich sah niemandem mehr beim Küssen zu und der Berg blieb hart. Ein Kuckuck rief immerzu, aber ich lebte schon länger, als er mir geben wollte. Nachts tauchten die Menschen aus den Wohnungen auf, sie wollten mich aus der Stadt vertreiben. Die Vermieterin stand am Stadttor, sah mich gehen, schrie mich an, schließen sie das Tor, so schließen sie schon das Tor, es fiel hinter mir ins Schloss.

In den tiefsten Urwald kam ich, den Rucksack auf dem Rücken, abgekämpft und hungrig nach dem einfachsten Leben, nach Menschen nur und Gemeinschaft. Dort am Fluss eine Hütte mit dickem Palisadenzaun, ein Pfahlbau, ein Rund, und mitten darin saß ich, ein rosiges Baby, von schwarzen Frauen beäugt. Sie kannten mich, die ich weiß und rosig war, so alt waren sie schon. Sie nahmen mich auf, wie sie alle Frauen aufnehmen, ungefragt und mit der Geste: Hier wohnt eine jede frei. Hier wohnt eine jede Frau. Ihre Haut war schwarz und das Weiß ihrer Augen leuchtete und traf mich, so hart dieses Schwarz und Weiß und so traurig das Schwarz in ihren Augen. Sie wissen alles, dachte ich, und sind hier abseits des Dorfes, Frauen und ein paar Kinder, Ausgestoßene wie ich. Später verstand ich, Frauen müssen hier leben an ihren Tagen, weil sie Frauen sind und fähig zu gebären.

Sie ließen mich sein im Rund, wie Nebel lag ihre Trauer in der Luft und floss in mich ein und meine strömte hinaus und wurde leicht, weil ich in Sicherheit war vor mir selbst, vor der Welt. Dies ist eine Welt. Ich war angekommen bei den Gesten: Hier wohnt eine jede Frau, hier wohnt eine jede frei.

Penelope

– 51 –

Jeden Tag webt sie an ihrem Text. Jede Nacht löst sie ihn wieder auf. Draußen vor der Tür stehen die Freier, die ihr laut und betrunken ihre Freiheit rauben wollen. Am Webrahmen schreibt sie ihr Gewand. Derbe Witze schallen über die Mauer. Sie fließen in das Leichenhemd, das sie für einen Mann webt. Sie hat ihm etwas versprochen. Vielleicht hat er an sie geglaubt. Eine alleinerziehende Mutter ist klug und kann warten.

Was sie webt, hat keine vor ihr gesehen, auch sie selbst kennt das Muster noch nicht. Der Text wird ein fliegender Teppich. Sie wird damit entkommen.

An die Arbeit

– 52 –

Arbeit? Seit ich denken kann, das Leben ist doch kein Vergnügen, das sag ich Ihnen, mein erster Job war mein bester, ich fuhr Kränze in die Leichenhalle, um den Hals gelegt, alles auf meinem Fahrrad, sprach mit den Toten, den Blumen, den Straßen, ich kannte alle Straßen vom Stadtplan her, alles, was ich weiß, weiß ich von dort. Die Toten waren klein auf weißen Kissen, mit Spitzen wie bei einer Taufe, manchmal kam mir ihr Gesicht schon in der Tür entgegen, hatte sich gelöst und schwebte im Raum, oder das Gesicht war schon lange verschwunden, hatte sich zurückgezogen auf den Boden der Kiste oder in den schwülriechenden Buchsbäumen versteckt.

»Tour de France kommt!«, sagte ich immer am Eingang, damit die Aufgebahrten sich nicht erschreckten, »hier kommt euer Siegerkranz, ihr habt gewonnen«, und manchmal lächelte einer, aber die meisten schwiegen kalt, mein Kranz war ihnen egal, ich legte ihn immer an den Stufen ab, den Stufen hinauf in den Aufbahrungsraum. Einfach zu spät, Siegerkränze muss man zu Lebzeiten bekommen.

Also mit dem Fahrrad zum Friedhof, den Kranz um den Hals, der Job hieß Fleuropmädchen, die Toten alle alt in weißen Kissen, wie Steckkissen, und warum ist der Säugling in seinem Steckkissen plötzlich so alt?, fragte sich das 12-jährige Kind, das plötzlich kein Kind mehr war.

Arbeit? Später wollte ich meinen Körper verkaufen, das sag ich Ihnen nicht gern, weil ich dachte, während die Männer eine Mark durch den Schlitz stecken, um zu gucken, währenddessen kann ich schreiben, ich wollte immer schreiben, aber die Betreiber der Peepshow sagten mir, dass ich kein Notizbuch und keinen Stift in die Kabine mitnehmen dürfe, das sei nicht sexy, Gedichte schreiben sei nicht sexy, und dann saß ich bald wieder an der frischen Luft.

Als nächstes schrieb ich Texte über die Einspeichelungsmethode für ein Biermuseum und später machte ich Interviews mit Menschen, über das, was sie wirklich bewegt, sie verändern sich, wenn du ihnen ein Mikro unter die Nase hältst, manche erzählen dir so, als würdest du sie auf dem Sterbebett besuchen, aber mein Redakteur sagte, dieses existenzielle Zeug könne man nicht senden, das zieht runter. Wo bleibt da die Leichtigkeit?

Mein bester Job war mein erster, die Toten beschwerten sich nie, später schrieb ich Liebesbriefe für einen sehr dicken Mann, der schweißige Hände hatte und gerne eine Freundin gehabt hätte. Die Frauen verliebten sich in seine Briefe, aber wenn sie ihn dann sahen, konnte er ihnen die Hand nicht geben, und so verlor ich meinen Job.

Dann habe ich mich als Aktmodell beworben, die anderen zeichneten meinen Bauch, damals hatte ich noch keinen Bauch, aber die Bilder, die entstanden, waren nicht schön, meine Beine waren zu dick, ich hatte gedacht, sie könnten mich schön machen, also gab ich diesen Job wieder auf. Ich musste doch Gedichte schreiben, dabei konnte man nackt sein, aber doch die Beine dünn lassen, ich hatte alles unter Kontrolle, nur dass die Gedichte sich immer mit der Musik zusammentaten und dann ihr eigenes Lied anstimmten, hätte ich damit Geld verdient, wäre es beinahe im Schlaf gewesen.

Meine alten Toten in den Steckkissen sagten mir, das könne mir doch egal sein, bevor sie wieder auferstehen würden, würde ich auch mit dem Geld verdienen können, was mir Arbeit macht. Man darf übrigens heute als Kind nicht mehr zu den Toten gehen, da gibt es ein Gesetz, es könnte ja zu einem Dichter werden und von denen gibt es schon zu viele in unserer kleinen Stadt.

Was ist Arbeit? Es ist, als frage man dich, was ist Leben?, das Atmen ist doch schon Arbeit und wenn man es bedenkt, dann ist ein Gedicht darüber zu schreiben weniger Arbeit, als dieses Leben zu leben, was doch viel Arbeit ist, weil man ihm nicht entkommt, aber Schreiben ist Entkommen, aus der Zeit und in die Ewigkeit hinein, Umarmung, Abraham und so, und die Toten in ihren Steckkissen lachen und freuen sich über die Tour-de-France-Fahrerin, die ihnen einen Kranz bringt, den ersten Siegerkranz im Leben, sie haben es geschafft, hinter sich gebracht, ich höre sie lachen, die ewigen Jagdgründe, dort fliegen einem die gebratenen Tauben in den Mund, aber wer will schon Platanenalleetauben, und dazu noch gebratene, essen? Da bleibe ich lieber am Leben und suche eine Arbeit, einen reichen Mann mit schweißigen

Händen und dick darf er sein und ich schreibe ihm auch Liebesbriefe, er soll sich nur melden.

Ich habe immer dem Geld gesagt, dass es zu mir kommen soll, es ist wie das Fliegen im Traum, man darf nur nicht aufwachen, dann stürzt man ab, ich erzähle es euch jetzt, ich bin nicht wach, ich träume dieses Leben, ich habe vor langer Zeit angefangen, so zu tun, und ich fahre gut damit, im Traum fahre ich viel sicherer Auto, wäre ich wach, hätte ich mich schon längst totgefahren, aber die alten Säuglinge in ihren Steckkissen sagen, sie warten noch auf Lorbeerkränze und auf solche mit Sonnenblumen, doch die Friedhofsgärtner bestehen auf Astern und Chrysanthemen. Sonnenblumen wären zu schön und würden die Toten am Leben festhalten, was gibt es Schöneres als Sonnenblumen? Und dann verwenden sie wieder ihre muffigen Astern und schmutzigweißen Spinnen und stecken alles in diese grünen, feuchten Plastikschwämme, die so kalt sind wie die Hände der Toten.

Ich habe keine Arbeit. Ich suche nach ihr, im Traum laufe ich ihr hinterher wie der Hund, der nach der Wurst schnüffelt, die schon längst gegessen ist, im Traum ist das Gehen schon Arbeit, weil man immer gegen den Wind läuft oder gegen Wände, Aufwachen ist Arbeit, weil man nicht weiß, wo man ist, in welchem Leben und was man hier nun wieder anfangen soll. Kränze ausfahren und den Bettlern Geld in die Hand legen, Geld, das vom Himmel fällt in ein Hemd, das zu kurz ist, und das mitten im Schnee. Dass die Sterne herunterfallen, so sollte es mit dem Geld auch geschehen, es sollte einfach aus dem

Himmel fallen, damit die Leute nicht mehr darüber reden, da lass ich mir doch gerne unter das Hemd gucken, was soll der Geiz, dort oben fallen die Sterne vom Himmel und unten wird gepeept. Also, ihr Steckkissentoten, ich bringe euch den Siegerkranz und das Gold, das vom Himmel fällt, damit es euch nicht erschlägt.

Dieser Unterschied zwischen Haben und Sein: Die, die Arbeit haben, müssen meist nicht mehr arbeiten, und die, die viel arbeiten, haben meist keine Arbeit. Die Arbeit meidet das Geld, wenn wir mal von dieser Arbeit sprechen, die das Leben lebensschön machen soll, aber eigentlich nur das Leben verlassen will, denn das Schreiben ist bekanntlich nicht das Leben und das Leben oft mühsam, aber diese Arbeit, mit mir zu leben, hat mir immer noch keiner abgenommen. Neulich habe ich eine Anzeige aufgesetzt, wer will mit mir leben?, nein, wer will für mich leben?, nein, wer will mir ein bisschen was abnehmen von diesem Ich-Sein-Müssen?, aber keiner hat geantwortet, keiner.

Die Jobagentur hat gesagt, diese Ich-AG, das wär was für Leute, die »ich« sagen können und sich mögen, in der Literatur soll man gar nicht »ich« sagen, sehr fragwürdig dieses Ich, das lyrische Ich. Neulich hat so ein Shootingstar, Englisch muss es sein, der Shootingstar am Lyrikerhimmel hat gesagt, er wolle das lyrische Ich abschaffen, er hat nicht gesagt, dass er sein eigenes Ich abschaffen will, das will nur ich, eine Ich-AG haben sie mir angeboten, aber ich habe gesagt, schon meine Mutter hat gesagt und meine Schwägerin und mein Bruder und mein Freund

und alle haben gesagt, Kind, dein Ego ist zu groß, haben sie gesagt, also keine Ich-AG, was würde da meine Mutter sagen? Ihr war es peinlich, wenn mein Name in der Zeitung stand, eine Frau hat kein Ich oder nur unter dem Scheffel, aber doch kein Ich in der Zeitung, also mein Ich soll klein sein, Herz ist klein, Ich ist klein und rein und keine AG, wofür steht das: Aktiengesellschaft, Aktionsgruppe, Arbeitsgemeinschaft? Ich ist ein Anderer, das wusste schon, ach, Sie wissen schon, Ich ist peinlich, sagt meine Mutter, du bist peinlich, sagt meine Tochter, am besten gar kein Personalpronomen. Ich arbeite ohne Personalpronomen, ohne Geld, ohne Ich, ganz nackt.

Die, die mir eine Ich-AG angetragen haben, haben gesagt, ich soll mein Ich arbeiten lassen, das tue ich doch schon immer, hab ich gesagt, aber niemand will mir Geld dafür geben, doch, wir, Ihre Agentur, haben sie gesagt, dann, hab ich gesagt, mach ich einen Laden auf für Gedichte, Liebesbriefe und Leichenreden, aber sie haben gesagt, in einer Stadt wie Tübingen geht das nicht, lieber Second-Hand-Klamotten, ich hab gesagt, o.k. Second-Hand-Texte, ich schreib einen Text, den garantiert schon ein anderer vor mir verfasst hat, aber sie wollten dann nicht so recht.

Als Aktmodell waren meine Beine zu dick und ich wollte doch nur diese Schönheit, um ein bisschen rauszukommen aus diesem Ich, zack und fliegen wie im Traum, und in der Schönheit, geht es Ihnen auch so? Da kommt dann plötzlich diese Trauer der Welt, die über den Brennnesseln anfängt, sagt Günther Eich, dessen Texte würde ich auf jeden Fall secondhand verkaufen, wie Brot, der Second-Hand-Bäcker ist übrigens der beste Laden in dieser Stadt, also, die Trauer der Welt fängt über den Brennnesseln an, haben Sie schon einmal ein Feld mit Brennnesseln gesehen? Darüber liegt immer dieser Staub oder Spinnweben, da kann man die Trauer greifen, wenn man denn keine Angst vor dem Schmerz hätte, haben Sie, habe ich mir doch gedacht, also, ich bin nackt und ziehe nur auf der Bühne mein Sterntalerhemd drüber, um die Sterne aufzufangen, und dann dürfen Sie auch druntergucken, aber nur, wenn es Geld regnet. Und in der Peepshow schreibe ich Gedichte über diesen Blick auf die existenzielle Nacktheit und in der Ich-AG verkaufe ich recycelte Texte über Brennnesseln und die Trauer der Welt und vergessen Sie nicht, ich bin nackt, wenn ich arbeite, wie die Toten in den Steckkissen, die sind unter ihren Leichenhemden auch nackt und Sie auch, ich weiß es, arbeiten Sie daran. Man kann an allem arbeiten, an der Arbeit, der Nacktheit, der Trauer, der Liebe, vor allem der Liebe, die braucht viel Arbeit und mein Teppich und meine Küche und mein Klo und mein Gewissen, ach hören Sie auf, an die Arbeit!

Dreiunddreißig

– 53 –

»Du weißt ja, ich hab's nicht geschafft, nimm Du es«, sagte sie mit dünner Stimme. Ihre Finger strichen das Laken glatt. Dünne Finger. Dünn wie die Knochen auf Röntgenbildern, dünn wie die Seele, die sich schon auf dem Weg durchs Nadelöhr befindet und versucht ein Kamel zu sein, das jeden Durst aushält.

Isa gab mir ihr Notebook, deutete darauf, sie konnte sich ja kaum noch bewegen.

Was soll ich mit ihrem PC und jetzt hier im Krankenhaus? Achim, ihr Mann, der müsste ihn bekommen. Nicht ich, die beste Freundin.

»Der Achim fängt doch nichts damit an, vielleicht schaffst du es.«

Sie hat gelächelt dabei, gleichzeitig bitter und triumphierend.

»Ich schaff nur die Schatten, aber das Leben, das hab ich bald geschafft.«

Was meinte Isa eigentlich mit schaffen? Meinte sie das ganze Leben oder einen Roman?

Ich streichle ihre Hand, ihre Knochenhand, die jetzt kalt wird. Noch lauwarm ist. »Bleiben Sie ruhig hier bei ihr sitzen«, sagt die Krankenschwester. »Solange der Mann nicht da ist, wird alles so bleiben.«

Und wo ist Achim? In einem Stau auf der A 6, ausgerechnet A 6. Wo immer das ist. Irgendwo im Norden, irgendwo, wo er jetzt nicht sein sollte. Er sollte hier sitzen und warten, wie die Wärme aus ihrer dünnen Hand entweicht, nicht ich.

Wie auf einem Röntgenbild sieht diese Hand aus, wie bei der Geschichte, als Isa im Krankenhaus lag, mit einem Schleudertrauma. Das muss letztes Jahr gewesen sein, als sie von Hamburg zurückfuhr und so ein junger Typ, der gerade seinen Führerschein gemacht hatte, in sie reinfuhr. Sie lag auf einer Liege im Krankenhaus und sah auf dem Röntgenbild die Schatten neben ihrer Wirbelsäule.

»Der Schatten, das ist der Tom«, behauptete sie.

Und jetzt hab ich ihren PC und die ganzen Versuche. Ich hab die Geschichten überflogen, ihre Vorstufen für einen Roman, für den Roman, den sie immer schreiben wollte, und ich dachte, es ginge in den PG, so nannte sie sie, Peinliche Geschichten, vor allem um den Tom, aber es ging um alle anderen Männer in ihrem Leben. Den Tom hat sie fast ausgespart, er ist die Leerstelle, die wichtigste Person, die nicht auftaucht. Der Roman, der nie ein Roman wurde. Die PG gefallen mir, sie sind existenziell und haben diesen zynischen Witz einer Frau, die weiß, dass sie nicht mehr lange zu leben hat, die nicht mehr drumherumreden muss.

Sie haben das Laken bis über den Oberkörper gebreitet; bewegt sich der Brustkorb noch? Könnte sich noch bewegen, aber vielleicht ist es auch der Luftzug. Aber hier auf Intensiv gibt es keinen Luftzug. Alles Einbildung. Still ist es auch. Die Monitore abgeschaltet. Keine Piepstöne. »Sie ist tot«, hat der Arzt gesagt, »wir werden ihren Ehemann kontaktieren.«

»Du kannst schreiben, mach was draus«, sagte sie, nur weil ich für so eine Jugendzeitschrift den *Doktor Sommer* mime, aber diese bekenntnishafte Lyrik, die Isa schreibt, schrieb – schrieb, muss es jetzt heißen –, schauderhaft. Botschaftslyrik, hat so ein Kollege zu ihr gesagt und sie war getroffen. Man soll die Dinge nie so direkt sagen. Aber sie hat keine Umwege geduldet. Sie ist immer direkt auf das Glück zugestürmt, bis es Angst bekommen hat. Dabei hat sie sich immer diese Hugh-Grant-Typen gesucht, bei denen sie sich erst überlegen fühlen konnte, einige Jahre jünger, Jungfrau und möglichst ein Instrument. Gitarre oder Akkordeon oder auch Klavier. Tom hat Klavier gespielt. Tom ist schon lange her und doch nicht. Tom. Ich erinnere mich daran, wie sie ihn kennenlernte, noch auf dem Gymnasium, wir waren 17, er hatte braune Locken, androgyn, einsam, und er spielte E-Piano und Gitarre. Und dann wurde Tom »mein Leben«, wie sie sagte. »Wenn ich mit ihm vor der Matratze saß und Tee trank, Jasmintee, und Musik hörte, seine Musik, Uriah Heep und Crosby, Stills, Nash & Young, das war reine Intensität.«

Ich fand das damals schon übertrieben. Aber er kam direkt aus den USA, war dort ein Jahr als Austauschschüler gewesen. Er hatte so eine Aura um sich, hatte schon was von der Welt gesehen. Bob Dylan war Isas Schwarm und Tom hatte in seiner Nähe gelebt oder da, wo Dylan aufgewachsen war. Tom spielte ja auch Gitarre.

Und Isa schrieb schon damals Gedichte und spießte das Glück auf. Auch das Unglück. Isa veränderte sich unter seinen Fingern. Vielleicht war es auch die Pille, sie schob es jedenfalls auf die Pille, bekam vollere Brüste und wurde plump. Und das Ende war fürchterlich. Sie hat sich da in etwas hineingesteigert.

Also Tom, das Leben, die Anwesenheit von Leben. Ein Gitarrenspieler, der dann Karriere machte und sich sogar eine Frau leisten konnte, die zuhause bleibt, zwei Kinder. Der das nie wollte, sich damals als Kellergitarrist sah, *lonely wolf*. Der sagte ihr, das sei das Glück pur, abends heimkommen und mit den Kindern auf dem Teppichboden herumtollen. Hat als Manager gearbeitet, wo er doch Musiker werden wollte. Sie sprach immer von ihrem braunhaarigen Gitarrenspieler, dabei hat er E-Piano gespielt, Gitarre nur so ein bisschen nebenher.

Und dann plötzlich geht die Frau vom Tom auf eine Fortbildung, die Kinder sind schon größer, und sie geht in der Mittagspause was trinken mit den neuen Kolleginnen, irgendwas mit Fremdsprachen hat sie gemacht, und verliebt sich in eine Frau. Und Toms Glück ist hin und Isa macht sich wieder Hoffnungen. Dabei ist sie mit dem Achim ganz glücklich, aber eben nicht ganz. Nicht ist, war, sie war mit dem Achim ganz glücklich. Achim, der im Stau steht, während ich an ihrem Bett sitze.

»Stell dir vor, er ist zuhause ausgezogen, mein Tömchen. Ich fahr nächste Woche hin.« Dabei lag die Geschichte 33 Jahre zurück.

»Jesus ist auch 33 geworden, meine Glückszahl, ein magisches Alter«, sagte sie und: »Tom ist meine offene Gestalt. Ich muss sie schließen.«

Dabei wollte sie nur mit ihm ins Bett, das sage ich jetzt, seine Haut, seine Finger, gitarrenspielende Finger, Klavierspielerhände. Sie hat seinen Kindern Kartenspiele mitgebracht. Hat sich die Beine rasiert, dabei wäre ihm das gar nicht aufgefallen. Ist zu ihm nach Hamburg gefahren und hat mir Nachrichten geschickt. Aber er hat es nicht getan. Sie hat bei ihm im Zimmer geschlafen, auf der Matratze seiner Kinder. Er hatte nach der Scheidung nur eine kleine Zwei-Zimmer-Wohnung. Die Frau hat ja kaum gearbeitet, musste sich um die Kinder kümmern. Da war das Geld knapp, also hat sie auf der Matratze geschlafen, wie damals, als sie 17 waren, und sie haben wieder die Musik gehört, Crosby, Stills, Nash & Young, und dann hat er sie nicht angefasst. Sie kam zurück und erzählte mir von dem Schatten auf dem Röntgenbild.

»Das kann doch zeitlich gar nicht sein, du hast ihn doch erst vor Kurzem wiedergetroffen. So schnell wächst kein Schatten«, sagte ich.

»Der Schatten ist schon lange da, seit damals, seit 33 Jahren, und jetzt erst wird er sichtbar. Seit ich bei ihm auf der Matratze geschlafen habe.«

Sollte ich ihr widersprechen? 33 Jahre war Tom kein Thema. Zwischen uns kein Wort. Ja, Tömchen, so hatte Isas Mutter ihn genannt, der Name war schon gefallen, war ja ihre erste Liebe und ihr erster Mann gewesen, aber nicht, dass sie sich nach ihm verzehrt hätte. Isa zitierte zwar immer wieder Cat Stevens: *the first cut is he deepest*, aber der erste Mann, mit dem ich geschlafen habe, an dessen Namen erinnere ich mich nicht mal mehr. Ah doch, Peter. Also doch. Nein, nicht *deepest*. Ich weiß nicht mal, was aus Peter wurde. Ich glaube, er ist Heilpraktiker geworden.

Wütend. Kurze Zeit war Isa auch wütend auf Tom. Dass er sie nach Hamburg gelockt und ihr dann abends von seiner Ehe erzählt hatte. Ausführlich. Wie intensiv die war. Und sie dachte währenddessen nur, warum sagt er das nicht über uns? Deine Ehe interessiert mich nicht, Tom, du interessierst mich. Lass uns die 33 Jahre vergessen, ich bin nicht 50, ich bin 17, da ist was stehengeblieben in mir. Die Uhr. Jetzt tickt sie wieder. Hier auf diesem braunen Teppichboden, wenn ich dich anschaue. Auch wenn du anders aussiehst, deine Haare kürzer sind, du eine Brille trägst. Und auch wenn du immer noch so klein bist wie damals. Ich bin 17, lass uns die Jahre einfach vergessen, nein, nicht vergessen, aber überspringen. Etwas blieb stehen und jetzt geht es wieder. Der Fluss mäanderte, jetzt hat er wieder sein Bett gefunden, er floss bergauf, alles war anstrengend, alles war weg von dir, und jetzt fließt das Leben wieder bergab, wie es sein sollte, wie es gedacht ist. So hier auf diesem Teppichboden, mit dieser Musik, dieser Konzentration, so war das Leben gedacht.

Vor der ersten Nacht, die sie bei ihm war, fragte er sie noch, wo sie schlafen wollte, in seinem Bett oder auf der Matratze. Das hat sie mir alles haarklein erzählt. Und sie hat gezögert und dann Matratze gesagt. Und er hat sie daran erinnert, dass es vor 33 Jahren auch so war und dass sie dann damals zu ihm sagte, es wäre doch doof, und sie ist dann zu ihm gekommen. Das war eine Wiederholung, das hatte sie aber vergessen. Aber in dieser Nacht ist sie nicht zu ihm gegangen. Warum? Das konnte Isa mir auch nicht erklären. Vielleicht wäre dadurch alles anders gekommen. Vielleicht war es dieser Schalter, den sie hätte umlegen müssen. Aber vielleicht wollte sie Toms Initiative, sie wollte nicht die Wiederholung von damals, als sie die treibende Kraft war. Am Morgen krabbelte sie dann in sein Bett. »Ich krabbelte in Toms Bett«, dieses Wort hat sie benutzt, wie ein Kind. Und hat über ihre Rückenschmerzen geklagt und er hat sie massiert. Und alles kam zurück. Der Körper vergisst nichts. Auch wenn das Gehirn alles vergisst oder nicht abrufen kann. Isa konnte es wieder abrufen, langsam hat er sich von ihrem Nacken bis zu den Fußsohlen hinuntergearbeitet.

»Wie ein Asiate hat er das gemacht, hat es irgendwo an einem Strand in Thailand gelernt, der Tom. Plötzlich merkte ich, dass er ein Leben ohne mich gelebt hatte, 33 Jahre. Und zu diesen Jahren gehörte es auch, dass er mit seinen Fingern nicht nur die Gitarre zum Schwingen brachte, sondern auch Rücken. Plötzlich wurde ich eifersüchtig auf all die Rücken, die er schon massiert hatte. Was mir entgangen war. Ich hätte gerne die Zeit angehalten. Ich hab gedacht, so zu sterben, einfach ausknipsen das Licht. Er hat sich nämlich am Ende der Massage auf mich gelegt. Mit seinem ganzen Körper. Ich lag auf dem Bauch und er lag mit seinem Körper auf meinem Rücken. Und ich merkte, dass er perfekt auf mich passte, auf meinen Rücken, auf meinen schmerzenden Rücken. Und sein Gewicht nahm die Schmerzen weg. Plötzlich waren die nicht mehr da. Aber mein Körper, dem war plötzlich wieder alles eingefallen, die 33 Jahre hatten sich aufgelöst unter seinen Händen.«

Als Isa mir davon erzählte, wurde ich sogar etwas neidisch. Tom, ich hatte ihre Schwärmerei nie so ganz ernst genommen, mir war Tom immer etwas zu mädchenhaft vorgekommen. Aber als sie mir von dieser Massage erzählte, wurde mir bewusst, dass es Momente gibt, in denen das Gehirn alles wieder freigibt, dass es doch zu etwas nütze ist, dieser ganze Speicher, der ja kein Speicher ist, sondern ein Netz. Dass dieses Netz nichts umsonst sammelt. Auch seltene, blauschimmernde Schmetterlinge aufspießt und konserviert, die auch nach 33 Jahren unter der Stecknadel noch zittern und ihren Schimmer weitergeben. Nach der Massage zog Tom sich dann zurück, jetzt, wo Isa an seiner Angel hing. Es war wie eine Wiederholung ihrer Beziehung von vor 33 Jahren, so hat es Isa beschrieben. Sie stiegen wieder in denselben Fluss, was gar nicht möglich ist. Jetzt war Isa angefixt und jetzt zog sich Tom zurück. Und sie flatterte mit ihren Flügeln und die Stecknadel steckte in ihrem Fleisch. Keine Chance. Sie verbrachten den Tag noch zusammen in Hamburg, Kunsthalle und ein Spaziergang an der Elbe. Kochten in seiner kalten Küche, er musste ja sparen. Alles war wie vor 33 Jahren. Sie glühte und dachte, der

Funke müsste überspringen, die Luft war ja aufgeladen, und sie berührte ihn beim Kochen am Herd wie zufällig, aber der Funke ist nicht übergesprungen. Sie war glücklich, Isa, weil sie in diesen 33 Jahren schon gelernt hatte, dass es sicherer ist zu lieben, als geliebt zu werden. Sie genoss das Gefühl und wunderte sich über die Schlaufe, die die Zeit malte, die Wiederholung, die keine war, eine Chance, die keine war, eine Möglichkeit, die Tom nicht wollte. Dabei wagte sie es nicht, mit ihm darüber zu sprechen.

Aber warum sprach sie nicht direkt mit ihm? Nach 33 Jahren hatte sie doch nichts mehr zu verlieren, nur alles zu gewinnen. Sie hatte doch schon viele Male die Sprache der Liebe ausprobiert. Isa war Lehrerin geworden, Deutsch und Geografie. Und jetzt konnte sie Tom nicht sagen, was sie empfand? Sie hat es mir nicht erklären können. Damals hatte es keine Sprache gegeben, auch wenn Isa sie damals schon suchte. Ihr Tagebuch war bei ihrem gemeinsamen Ibiza-Urlaub geklaut worden und die Briefe, die Tom ihr aus einem Bretagne-Urlaub geschrieben hatte, waren alle nicht angekommen. Sie hatte nichts von ihm, nichts, das Bestand hatte. Nur eben die Musik, die auch flüchtig ist. Und dann war es bemerkenswerterweise nicht seine, sondern ihre eigene, die – und das flüsterte sie mir zu – auf ihrer Beerdigung gespielt werden sollte: das Weihnachtsoratorium, das sie aber mit ihm gehört hatte: *Eile, eile den Bräutigam zärtlich zu lieben*. Das war ihr Lieblingsstück. Welch sentimentale Ringstruktur.

Auf der Rückfahrt von Hamburg fuhr dieser junge Mann in sie rein, Schleudertrauma, sie war ganz froh, sagte sie mir, dass er das getan hatte, sie dachte, das Schicksal gibt es also doch, nicht die Eisenbahnschienen, sondern die Autobahn, sie hat was ganz Fatalistisches an sich gehabt, plötzlich, die Isa.

Und dann diese dünnen Finger. Sie hat irgendeinen Trost gesucht. Tom. Das waren alles nur Decknamen, für etwas, für das sie kein Wort hatte. Aber sie wollte ihn noch einmal sehen nach Hamburg, die Isa mit dem Schatten. Sie hatte immer noch nicht genug.

»Ruf ihn doch an, den Tom, ich würde ihn gerne noch einmal sehen«, sagte sie dann mit dieser Stimme, die tapfer klingen sollte, aber mich konnte sie nicht täuschen.

Ich hab sie vertröstet, der sei in den USA. Manager sind doch immer in den USA und als ich ihn an der Strippe hatte, da sagte er, er könne nicht weg. Dem war sie gar nicht so wichtig.

»Es tut mir leid, aber ich muss nach Boston zu einer Konferenz. Sag ihr, dass ich an sie denke.«

Isas Hand war ganz klein und sie guckte mich flehend an, als wenn ich diese, ihre Geschichte erzählen könnte.

Ihre Lieblingsgeschichte war das *Unverhoffte Wiedersehen* von Hebel, in der die Frau ihr Leben lang ihrem toten Verlobten treu bleibt und ihn nie vergisst. Und ihn dann plötzlich wiedertrifft, da ist er zwar tot, aber das macht die Geschichte gerade schön.

Ich sollte Tom den ganzen Rotz schicken, den PC, und sagen: »Das ist Isa. Du warst immer der Maßstab für sie. Sonst niemand.« Und das Ende ist wie bei jedem »Unverhofften Wiedersehen«, wie bei allen alten Liebesgeschichten, da muss jemand sterben, sonst gibt es kein Ende.

Abwege

– 54 –

Tübingen, über dem Stift. Memento, das Glöcklein, jede Viertelstunde, nachts am lautesten. Die Schüler von der anderen Seite des Neckars schreien in ihren Pausen herüber. Im Sommer die Verbindungsstudenten. Ich hab zwei Schlüssel, einen für die alte Münze, da wohne ich, einen für den Turm, da führ ich die Schulklassen durch. Schaue aus dem Fenster, mein Gesichtskreis eingeschränkt durch die Platanen, der Blick hinüber – das andere Ufer. Dort, auf der Insel, zwischen Diesseits und Jenseits, geh ich spazieren, da zählen die Jahre mit. Mache die Aufwartung, dem Turm, den Schwänen, dem Stiftsgarten, Silcher, Ottilie – dann der Tunnel. Im Sommer liegen dort nachts die Obdachlosen, vorsichtig vorbei, ganz hinten noch ein Tor, dann aufatmen, der Blick: rechts, links, niemand dort, verborgen im Blindfeld, früher der Blick unverstellt, heute die Brücke. Die wegdenkend, schließen sich dahinter die Hügel, das Ende der Welt. Alles kurze Wege, manchmal zur Uni hinunter oder zum Sender hinauf. Hinter der Stiftskirche, Südseite, da sitze ich manchmal nachts, die Streife kennt mich, ich sitze auf der Mauer, sie fahren dicht ran, kurbeln das Fenster runter: »Alles in Ordnung?« Ich nicke, dann drehen sie, ich bleibe in der Benzinwolke. In der Mittagspause sitzen hier Angestellte, verzehren ihr Mittagsbrot, abends das Jungvolk. Der Weg in die Kirche nah, wenn die Glocken bimmeln, reicht's, aus den Federn zu springen. Sonntags die Posaunen: *Macht hoch die Tür, die Tor macht weit.* Früher stellte ich mir Scheunentore vor, heute nur meine Haustüre. Das Tor zur Münze – wenn sie dort war – im Rundbogen, klein, putzig, die Tür schlägt hart ins Schloss, es riecht nach Mehlschwitze schon nach dem Frühstück, dann muss ich die Fenster schließen. An der Klingel immer noch zwei Namen, wann ist der richtige Zeitpunkt, das Schild zu wechseln? Viele klingeln vorbei, der Markt ist nah, mit den Marktfrauen schwätz ich Schwäbisch, vor allem Brot und Blumen, Obst und Salat. Der Bäcker an der Ecke, die Mitfahrzentrale im Haus. Habt ihr nächste Woche ein Auto nach Korinth?

Zum Schloss hoch gehe ich selten, der Weg durch jahrhundertdicke Mauern, kühl wird's da. Von dort her Blick hinauf zu den Kliniken, Schnarrenberg mit weißen Laken. Da oben liegen sie und sterben täglich, mit Aussicht bis zur Alb. Wenn die Sonne hereinschaut, fallen die Sonnensegel mit lautem Getöse in ihren Metallschienen herunter, das dröhnt durch's ganze Haus. Manche leben lange dort, Vogelhäuschen am Fenster, irgendwann klopft er dann an, die Schwestern schon lange nicht mehr, kaum die morgendliche Visite. Zwischen drei und fünf Uhr morgens sterben sie, bevor die Vögel einsetzen, wenn es am kältesten ist. Für einige Stunden leuchtet kein Lämpchen mehr über der Tür, bis die Schwestern den Fußzettel geschrieben haben, dann wird die Bahre schmäler, der Weg nach unten beginnt, erst in den Keller, dann hinunter in die Pathologie mit dem Blick zum Friedhof. Dort liegen sie in den Kühlschränken mit Fußzetteln, sind »nicht zugänglich«, wie die Ärzte sagen, sie gehören niemandem, nicht mehr sich und nicht den Angehörigen, noch nicht dem Leichenbestatter.

Sie gehören Herrn Knapp, Sektionsgehilfe mit Zigarette im Mundwinkel. Schlurfender Gang, er führt nach unten, durch Korridore, hab den Faden vergessen, die Orientierung verloren. Die Münze nicht unter die Zunge, sondern den Schein für Herrn Knapp in der Hand, bis in eine Garage, vor der Tür ein Schild *Aufbahrungshalle*. »Muss erst noch saubere Laken holen«, murmelt er, die Zigarette wippt im Mundwinkel. Ich trage ein rotschwarzes Kleid, eine orangefarbene Rose im Ausschnitt, die Farben tun weh, Herr Knapp öffnet die Tür, saubere Laken, die schönen Füße, den Fußzettel hat er nach innen geklappt. Dass er daran gedacht hat! Ich könnte Herrn Knapp umarmen; er ist schon verschwunden. Ich sehe trotzdem das Ende der Schnur um den großen Zeh, die schönen Füße! Herr Knapp kommt wieder, um mir den Ausgang zu zeigen. Er ist bei der nächsten Zigarette, die Hände zittern, wenn er die Finger zum Mundwinkel führt, Berufszeichen. »Lassen Sie ihm die Rose«, sage ich noch, in der Kälte hält sie sich gut. »Haben Sie die Kleider dabei? Morgen kommt der Bestatter.« Er entlässt mich auf anderen Wegen, Hinterausgang. Herr Knapp nickt nicht einmal beim Abschied, ich stehe blinzelnd, gegenüber der Friedhof, Autos fahren vorbei. Ich gehe hinüber, schließe das Tor hinter mir.

Mit der umweltschonenden Papiertüte ziehe ich wieder hin. Ich gehe am Parkhaus vorbei, zwischen Häusern durch, unvertraute Wege, Umwege, nur nicht die ausgetretenen, nur nicht Hallo sagen müssen. Diesmal gehe ich gleich zum Hinterausgang. In meiner Tüte, was der Leichenbestatter bestellt hat: ein Paar Strümpfe – ich steh vor dem Schrank und stimme sie farblich ab, schaue nach, ob sie nicht gestopft sind –, eine Unterhose, Hemd und Hose. Keine Schuhe? Nein, keine Schuhe. Ich sehe den Sarg, weiß Bescheid, wofür Schuhe? Der Bestatter gibt mir die Hand, er hat Tränen in den Augen, Berufszeichen? Ich gebe ihm meine Hand, zögernd. Seine ist wärmer. Vor dem Hinterausgang, mit Blick hinüber zu Hölderlins Grab, ein schicker schwarzer Schlitten, die Hebevorrichtung schon heruntergelassen, der Schlag geöffnet.

Ich gehe zurück in die Stadt, die fängt erst hinter dem Botanischen Garten an, das Treiben der Studenten, kreuzende Wege, schnelle Schritte. Auf dem kleinen Platz vor dem Fußgängertunnel steht wieder der junge Mann. Täglich steht er da, geht im Kreis. Immer wenn ich dort vorbeihaste, ist er ganz ruhig, sieht die Menschen an, dreht seine Runden. Ich frage mich, was er macht. Vielleicht hat er eine unerfüllte Liebe zu diesem Platz oder er spürt, dass sie dort vorbeikommen muss, denn dort kommen alle vorbei. Ich sehe, wie er einen jungen Mann anspricht: »Hast du 'ne Mark für mich?«

Es gibt Straßen, die meide ich, die Haaggasse bin ich zu oft gegangen, jetzt gehe ich den weiteren Weg an der Ammer entlang. Der Haagtorplatz ist ein unsicheres Pflaster, im Winter, Kanalnähe, ist er von einer Eisschicht überzogen, auch im Sommer trete ich dort vorsichtig auf. Dort treffe ich Schwester Dagmar in Zivil. Ich erschrecke, ich kenn sie nur im weißen Kittel, dort oben, Außenstelle Schnarrenberg. Immer ist sie auf Station, am Wochenende bei ihren Eltern. Sie ist die Einzige der Schwestern, die schon lange hier ist. Die anderen halten es nicht länger aus als zwei Jahre. Keine Minute entkommt ihr, die erhobene Stimme, die Meisen vor dem Fenster fliegen fort, wenn sie das Zimmer betritt. Dass überhaupt gestorben wird, sie den nicht verscheuchen kann. Ich grüße, dann bemerke ich, dass sie mich erst nicht erkennt. Dann nickt sie schnell, ich ziehe meinen Blick nach innen, meine Augen sollen mich nicht verraten, der schnellere Puls, sie kann ihn doch messen. »Kommen Sie uns doch einmal oben besuchen«, ich sage schnell zu, das Licht ist zu hell.

Ich geh wieder rauf auf den Berg, im Traum lagen Glasscherben auf dem Weg, ich war barfuß, doch jetzt alles Beton und Teer, die Bäume noch aufrecht, ein Müllauto, Benzinluft, sogar das Eichhörnchen im Garten ist noch da, das, das dunkler ist als die anderen. Heute also zu Fuß, sonst am Abend mit dem Taxi, dem SAM. Der Taxifahrer sagte die ersten Abende nichts, wer geht abends nach zehn Uhr noch in die Klinik? Dann fragte er mich, ob ich dort arbeite. »Sein Sie Ärztin oder Krankenschwester?« – »Weder noch. Mein Freund liegt hier.«

Der gleiche Geruch auf der Station, ein anderer Zivi, die Stationsärztin so blass, über dem Zimmer 6 brennt das rote Licht. Schwester Dagmar sieht meinen Blick: »Dieses Zimmer ist für uns immer noch ein besonderes.« Das gleiche Bett, das Sonnenblumengemälde an der Wand, der fromme Kalender, nur ein anderes Jahr, das Vogelhäuschen. Da kommt Mira, die Putzfrau. Damals nervte sie, immer wollte sie putzen, stieß an das Bett, in lauter Geschäftigkeit, jetzt freue ich mich, sie zu sehen. Sie lacht, gibt mir die Hand, plötzlich ernst: »Ich muss immer weinen, wenn ein junger Mensch stirbt, die Alten bleiben am Leben«, ist mit dem Putzlappen verschwunden. »Wie geht es Hermann?«, frage ich. Schwester Andrea zögert mit der Antwort. »Er ist gerade zuhaus. Es war ein Schock für ihn, er wusste ja nicht«, sie stockt. »Eines Tages, nach 'ner Therapie kam er ins Stationszimmer und fragte, wie es ihm gehe. Dann schaute er schon auf den Wagen mit den Krankenblättern – er sagte nichts, ging in sein Zimmer.« »Hajo geht es gut, er hat es wohl geschafft, er studiert jetzt.« Ich sehe Hajo vor mir, was ist, wenn ich ihn in der Mensa wiedertreffe, ihn nicht erkenne, jetzt wieder mit Haaren? Nach den anderen wage ich mich nicht zu erkundigen, ein Blick auf die Rücken der Krankenblätterordner genügt, lauter fremde Namen.

Den Berg runter komm ich schnell, der Sog, das Eintauchen in das »Grüß Gott« und »Wie geht's?«, in das »Werden Sie schon bedient?« und »Nächste Woche sind Sie mit der Kehrwoche dran!« – ich muss wieder in den Turm, nehme drei Stufen auf einmal von der Münzgasse zur Bursagasse hinunter. Vor mir die Wand des Ephorats, da steht in schwarzen und roten Lettern: *450 Jahre Stift, 24400 Jahre Plutonium.* Ich kenne die Handschrift. Menetekel, niemand hat es überpinselt. Der das sprühte, wurde keine 28 Jahre alt.

Die Insel, das ist die Möglichkeitswelt. Feucht ist es hier und kahl, nachts ein mit kaltem Licht erleuchteter Raum. Da redet es sich leicht, da geht es sich leicht Arm in Arm oder Schulter an Schulter. Der Blick hinauf auf die Kulisse, kein Pappmaché, ich habe das Licht in der Küche brennen lassen. Über die Insel geht der Weg zum Bahnhof (bei Westwind hör ich das Pfeifen) und wenn ich wiederkehr, zuerst der Weg über die Insel. Da zeichnen in den Sprechblasen über den Köpfen die Jahrhunderte mit, da ist der Weg beschritten, die Stationen abgefahren, Plochingen, Nürtingen, Metzingen, Reutlingen. Eine Tagesreise immer noch, wenn man hier weg will. Man fährt hier nicht durch, man kommt hier an.

Stiftskirche, Südseite. Von dort seh ich auf die Alb, Verheißung. Ziel der Augen, der Samstagnachmittage, wäre die Luft hier nur würzig wie dort oder würde freier schmecken, ein wenig vermischt mit dem Blick hinunter ins Land, zerpflügt, zersiedelt, zerstückelt, da war mal ein Gletscher, später die Römer. Dort oben, Dreifürstenstein, stapf ich durch den Schnee, die Wanderzeichen sind nicht zu lesen, zugeschneit. Da mach ich die Ohren zu und bin allein auf der Welt.

Planken

– 55 –

Die richtigen Fragen. Mir sind die Fragen ausgegangen, manches ist da oben verlorengegangen, nein, ich weiß, nichts geht verloren, es liegt nur versteckt, irgendwo im Labyrinth. Nachts kommt es zum Vorschein, aber da habe ich keinen Stift dabei und kein Gedächtnis. Es liegt alles an deinen Fragen.

Ich bin vor den Bus gelaufen. Die Ampel. Ich dachte, die Ampel hätte auf Grün geschaltet.

Ulrich?

Wie kommst du auf Ulrich?

Die Ampel, es war diese Ampel, die auch nach Ulrichs Tod immer weiterging.

Du meinst, es hat mit Ulrich zu tun?

Ulrich. Du willst wissen, wie er war?

Ich erzähle es dir, weil es Nacht ist.

Ulrich hatte einen vorbildlichen Charakter.

Ruth, meine Freundin, sagte, er sei brutal. Ich wusste erst nicht, was sie damit meinte, er war nicht gewalttätig. Er war nur sehr klar und grausam zu sich selbst. »Ich brauche keinen Pfarrer, ich sterbe nicht«, sagte er. Das Krankenhaus war nur ein temporärer Ort. Er empfing dort. Aber bald wollte er außer Vater, Mutter, Schwester und mir niemanden mehr sehen, Arzt noch, ja, Schwestern, wenn es denn sein musste. Den Freunden hatte er seine Krankheit verschwiegen. Er wollte kein Mitleid. »Ich brauche keinen Pfarrer, ich sterbe nicht.«

Ulrich.

Er war groß, blond, lange Hippiehaare, aber ein Gentleman durch und durch. Souverän, sehr beherrscht, Contenance war in seiner Familie großgeschrieben, alte Familie von Stand und Namen. Ein Linker mit Umgangsformen und Selbstbeherrschung. Immer vorbildlich, das sagte ich schon. Spielchen konnte ich mit ihm nicht spielen. Aber willst du mit jemandem ins Bett gehen, der vorbildlich ist?

Darüber spricht man nicht. Ja, du willst die Geschichte hören. Es ist Nacht.

Ulrich.

Er war ein Tuareg, wenn er mit dem Handtuch um den Kopf geschlungen im Bett lag, im Krankenhausbett, ein blasser Tuareg, die Haut durchsichtig, das blaue Blut durchscheinend. So ritt er durch die Wüste, klinikweißer Sand, so weit das Auge reichte. Seine Augen hatten den Horizont im Blick, den weiten, und mit der Hand deckte er die Augen ab, maß die Entfernung, verstehst du, er hatte noch einen weiten Ritt vor sich. Der Tuareg war unterwegs und Tuareg sterben nicht oder wenn, dann allein in der Wüste. Tuareg soll man nicht aufhalten. Ich wusste, wo er hinging.

Wie ich ihn kennenlernte?

Tut das etwas zur Sache?

Also gut. An der Uni, im Seminar über Wolfgang Koeppens Tod in Rom. Tod in Rom, sehr passend. Ich suchte einen Retter, jemand, der mich aus den Klauen eines älteren Mannes rettete, eine destruktive Geschichte. Er half mir. Er schickte mir Briefe *posta restante* nach Kairo, wo ich mit dem Anderen war, von dem ich nicht loskam, der mich nicht losließ und mir Szenen machte, als er Ulrichs Briefe entdeckte. Ich ging mit Ulrich einen Pakt ein, das denke ich heute. Er rettete mich aus den Klauen und ich half ihm mit der Krankheit. Obwohl ich am Anfang gar nicht wusste, dass er krank war.

Ulrich hat es mir verschwiegen.

Ich wusste nur, auf den kannst du dich verlassen, der ist auch unterwegs in der Wüste.

In der Wüste geht man nicht aneinander vorbei. Da unterstützt man sich.

Als er mir dann sagte, dass er krank ist, hätte ich dann sagen sollen, wir haben keine Zukunft und tschüss? Vielleicht habe ich alles nicht ernst genug genommen. Er hoffte ja selbst auf ein medizinisches Wunder, einen Spender. Damals war Zukunft etwas für Erwachsene. Damals gab es nur Gegenwart. Sterblich waren wir noch nicht.

Dass er keine Kinder wollte, das machte mich stutzig, daran merkte ich, dass er nicht an die Zukunft glaubte. Er begründete es mit der Scheidung seiner Eltern. Niemals wollte er seinen Kindern so etwas zumuten. Nach der Scheidung seiner Eltern hat sich sein Bruder umgebracht und er wurde krank. Deshalb, nein, ohne deshalb. Er wurde krank. Punkt.

Äußerlich war er ein Hippie, aber eigentlich war er ein Gentleman durch und durch, das sagte ich schon. Sein Vater hatte ihm beigebracht, dass Frauen etwas Besonderes sind, etwas, das man beschützen und bewahren muss. Ich konnte mich auf ihn verlassen, das sagte ich auch schon. Nur auf das Leben nicht.

Die erste Nacht mit ihm erinnerte mich an meinen ersten Freund und ich dachte, damals war es Liebe, jetzt muss es also wieder Liebe sein. In solchen Kategorien dachte ich damals. Planken. Wahrscheinlich waren das auch schon Planken. Wir blieben zusammen, wie eine Notgemeinschaft. Ich immer am Rande. Ich dachte nicht an die Zukunft. Aber ich dachte, irgendwann musst du dich entscheiden, aber jetzt noch nicht. Wir haben ja noch studiert. Lebensplanung war etwas für Erwachsene. Kein Thema für Ulrich. Er hat mir seine Krankheit ja erst verschwiegen. Und als er es mir endlich sagte, wollte er nicht darüber sprechen, er wurde fast ärgerlich. Er gab mir einen Artikel über seine Krankheit, einen Fachartikel, ich begann ihn zu lesen, aber ich verstand ihn nicht und legte ihn auf den Stapel mit den Zeitungen. Wir hatten keine Sprache dafür, wir waren jung, wie soll man da über den Tod sprechen? Das war ein unbekannter, unentdeckter Kontinent. Ich dachte immer nur bis Weihnachten, bis Silvester, das nächste Jahr war schwarz. Und dann tauchte Martin auf.

Ja. Martin, Ulrichs Freund.

»Ein Bild von einem Mann«, sagte meine Mutter. Das höchste Kompliment. Gemeinsam sahen wir *Shoah* von Claude Lanzmann, Martin rechts, Ulrich links. Und Martin nahm meine Hand und dann war es um mich geschehen. Ich flog auf Martin. Ulrich und Martin zusammen, das wäre es gewesen.

Nein, keine Ménage-á-trois. Eine Affäre. Vielleicht. Eine Planke. Martin war sein Freund und ein Frauenheld, groß, riesige Hände, setzte mich auf die Querstange seines Fahrrads und fuhr mit mir durch Kreuzberg. Martin war cool, unwiderstehlich, ein richtiger Macho. Ulrich hat ihn nicht ernst genommen, er ließ mich. Einmal war ich mit Martin bei einem Rockfestival verabredet und wir fanden uns nicht, wir verpassten uns, und ich irrte umher zwischen Tausenden von Leuten, zwei Tage lang, ohne ihn zu finden. Zwischendurch rief ich Ulrich weinend an und er tröstete mich, weil ich Martin nicht gefunden hatte. So war Ulrich.

Wo seine Eifersucht war? Ich weiß es nicht. Entweder war er seiner Sache so sicher oder so unsicher. Entweder liebte er mich ohne Eifersucht oder er wagte es nicht, weil er es sich verbot. Ich verstand es nicht, aber es war natürlich bequem. Das mit Martin fing auch erst an, als es Ulrich schlecht ging. Es hat sich langsam entwickelt. Ich erzähle das viel zu schnell. Im Zeitraffer. Will es kleinreden, aber das geht nicht. Je mehr ich mich distanziere, desto näher rückt es an mich heran.

Martin mein Traummann?

Von wegen.

Martin hätte ich nie gekriegt. Da war ich die Nummer drei oder noch weiter hinten. Das war ein Typ, der konnte nicht widerstehen, und die Frauen, die flogen ihm zu. Wie die Wespen im Spätsommer. Der musste gar nichts machen, nur lächeln und charmant plaudern. Martin war wie aus einem Buch oder einem Film, das Bild des unwiderstehlichen Mannes. Martin war ein Typ. Ulrich gab's nur einmal. Ich sah Martin auch nur selten, fast nie.

Ulrich wollte nicht sehen, dass es ihm schlechter ging. Ich auch nicht. Wir beide stellten uns blind. Nein, das ist nicht fair. Ulrich verlangte nicht, dass ich die Augen verschließe, damals noch nicht. Ich war es, die das wollte. Ich hatte gerade mein Examen in der Tasche und trampte allein nach Griechenland. Ulrich ging es ziemlich schlecht, er konnte nicht mit. Ich rief ihn von unten an, von einer der Inseln. Er meldete sich nicht. Tagelang konnte ich ihn nicht erreichen. Ich rief seine Eltern an. Er war im Krankenhaus. Ich rief ihn im Krankenhaus an. Er sagte erst nichts und dann sagte er: »Komm bitte.« Ich kam, aber ich hatte Blei an den Beinen, ich verpasste den Flug, weil ich zu spät aufgebrochen war. Ich hätte einen ganzen Tag früher bei ihm sein können. Ich wollte nicht, ich wollte dem nicht entgegensehen. Meine Stimme zittert. Nein, ich brauche keine Pause.

Er saß ganz hinten auf dem Klinikflur unter dem Fenster, das Licht fiel von draußen herein, ich sah sein Gesicht kaum, nur schemenhaft, seine langen, blonden Haare, – ich brachte ihm griechischen Joghurt mit – da brach es aus ihm heraus, wie eine Welle spürte ich seine Verzweiflung, die mir entgegenschlug, er weinte und ich – mein Gott, ich hab mich geschämt.

In unserer Wohnung stapelten sich die Teller. Er hatte einfach immer neue rausgeholt, nichts abgespült, einfach alle verwendet, die wir hatten. Und wir hatten viele. Die Küche war ein Bild der Trostlosigkeit und die Katze war dick geworden. Sie war auf der Suche nach Zuwendung immer hinter ihm hergelaufen und immer wenn sie maunzte, hat er ihr Futter gegeben.

Und wer hat ihn gefüttert?

Sein Zimmer im Krankenhaus hatte er verändert. Der fromme Spruch war durch ein Filmplakat ersetzt, der Abreißkalender, der mit einer großen Zahl jeden Tag, war auch abgehängt, da hing jetzt ein weiteres Plakat. Seine Handbibliothek, seine Ordner, die Schreibmaschine – alles sah aus wie sein Arbeitszimmer zuhause. Nur das Vogelhäuschen vor dem Fenster blieb.

Wir sprachen nicht über den Tod, der stand ja vor der Tür. Über alles andere durften wir reden, über Kino, Bücher, Politik, was ihn so interessierte. Was ich in Griechenland erlebt hatte, erzählte ich nur gefiltert. Meine Männergeschichten, warum ich so spät zurückkam, den Flug verpasste – damit wollte ich ihn verschonen, oder vielleicht eher mich?

Eigentlich waren wir gar nicht im Krankenhaus. Nur der Blutständer sprach die Krankenhaussprache, die Filmplakate sprachen von Ulrichs Doktorarbeit. Arbeit ist Leben.

Erst vor dem Schluss, wenn die Zeit knapp wird, merkt man, wie schön alles ist.

Obwohl.

Das Ende kam nicht plötzlich. Das zog sich hin. Das ging über Wochen, Monate und begann eine Normalität zu werden. Freunden, die mich besorgt fragten, wie sie mir helfen könnten, sagte ich, »lasst nur, ich komm schon zurecht.« Ich kam damit zurecht, Freunde, die Ulrich besuchen wollten, zu vertrösten. Nein, ich kam damit nicht zurecht. Ich hab mir das eingeredet, aber es stimmte nicht. Einigen habe ich gesagt, dass er keinen Besuch mehr wollte. Hab ich wirklich mehr gesagt? Das durfte ich nicht. Niemand durfte denken, dass es mit Ulrich zu Ende ging, nicht mal ich. Ulrich verbot sich den Tod. »Ich sterbe nicht«, war sein Mantra. Und mich hat er auf dieses Mantra vereidigt.

Es gab Momente, da konnte ich das vergessen; auf Zimmer Nummer sechs. Da lag Ulrich und ich durfte bei ihm sein, wann immer ich wollte, auch nachts. Die Stationsärztin war super. Ein zweites Bett wurde für mich reingeschoben. Erst draußen auf dem Gang war Krankenhaus. Aber niemand sprach ehrlich mit mir und sagte, das geht noch soundso lange. Der Arzt sagte: »Wir springen von Planke zu Planke.« Das war schön gesagt. Wir tun doch nichts anderes im Leben. Im Leben nach Ulrich springe ich doch auch nur von Planke zu Planke. Mein Bett ist eine Planke, wenn ich abends hineinspringe. Auch das Sofa ist so eine Planke, Schlafmittel und Weißwein sind Planken, das Telefon, der Kühlschrank, der Teebeutel, alles Planken. Alles Post-Ulrich-Planken.

Ich will mich nicht reinwaschen.

Ich suche nur Erklärungen. Ich war ja seine Freundin, sein Vorzimmer. Ich organisierte alles. Sabine, meine Vorgängerin, wollte ihn besuchen, sich von ihm verabschieden, wie sie sagte.

Ich wusste, dass ich ihr das ermöglichen musste. Also sagte ich: »Mittwoch. Mittwochabend.« Ich wusste, dann hole ich Rob vom Bahnhof ab, wenn er aus Frankfurt zurückkommt, von seinen Eltern.

Ja, Rob, meinen Geliebten. Ulrich wusste es, sie kannten sich. Rob war konservativ, Lafontaine war ihm schon zu links, sozusagen das Gegenprogramm. Eigentlich schon deshalb eine Zumutung für Ulrich. Aber er sagte nichts.

Ob er mir Rob gönnte? Wir sprachen nicht darüber. Hauptsache, ich war da und blieb die Nacht. Er fragte nicht. Unglaublich. Heute finde ich das unglaublich. Das hat ihm bislang keiner nachgemacht. Er fragte einfach nicht. Er galoppierte mir davon, mein Tuareg. Er war mit bloßem Auge kaum noch zu sehen, die Wüste verschluckte ihn fast, nur abends, wenn ich zu ihm kam, sahen wir uns wie am Feuer und immer der Turban und der weite Blick.

Martin? Also das waren Jahre, die schnurren jetzt zusammen. Martin war nur eine Episode und wohnte weit weg. Rob war immer da, in meiner Stadt, der mit der Ampel, aber das übergehe ich jetzt. Das mit Rob fing erst an, als Ulrich im Krankenhaus war. Rob hat mich besucht, sich nach mir erkundigt, mich gestützt, so halt.

Ich holte Rob vom Bahnhof ab, während sich Sabine von Ulrich verabschiedete. Sabine bekam ihren Abschied. Ich bekam ihn nicht. Vorher ging alles immer so weiter. Blutsäckchen hingen neben seinem Bett, er hatte Ringe unter seinen Augen, die immer dunkler wurden. Er wurde immer blasser. Die Spannung war kaum auszuhalten. Aber Ulrich sagte sein Mantra auf: »Ich sterbe nicht.«

Wie ich das ausgehalten habe? Gute Frage. Vielleicht hat er das auch für mich getan. Um mir Mut zu machen. Vielleicht. Um Hoffnung zu verbreiten. Er wusste, dass ich am Rand ging. Ich war es ja gewohnt, ihn als meinen – ich weiß nicht, wie ich das sagen soll, aber Ulrich hatte eine Autorität, er wusste einiges vom Leben, was ich nicht wusste, wie man Geschäftsbriefe schreibt, Umgangsformen, Konversation, er schwamm im Wasser, während ich ängstlich auf dem Drei-Meter-Turm stand. Und plötzlich konnte ich nicht hinterherspringen, hinterherschwimmen. Ich konnte mich nie auf meine Fähigkeiten verlassen, aber auf ihn, er wusste, wie man lebt und studiert, während ich alles nur ausprobierte und improvisierte.

Sabine bei Ulrich, ich warte auf Rob am Bahnhof. Der Zug hat Verspätung. Ich laufe am Bahnsteig auf und ab. Ich sehe die Gleise in der Ferne, wie sie ganz nah zusammenrücken, es heißt doch, dass sich Parallelen im Unendlichen treffen oder schneiden, der Zug kommt immer noch nicht, Verspätung auf Gleis drei. Robs Bummelzug muss immer auf die Schnellzüge warten. Währenddessen bekommt Sabine ihren Abschied. Ulrich macht das Kreuzzeichen auf ihrer Stirn, er machte es mit dem abgestandenen Wasser, in dem meine Blumen standen. Tulpen, rote Tulpen aus Holland. Gewächshaustulpen, die, die mit einem Gummi zusammengebunden sind, im schwarzen Eimer stehen, vorne an der Kasse beim Tengelmann, der am Marktplatz, den es schon lange nicht mehr gibt.

Wer mir das mit dem Kreuzzeichen erzählt hat?

Vielleicht hat es mir auch Ulrich erzählt, obwohl – als ich spät am Abend zu ihm kam, da störte ihn das Licht und er wollte nur noch schlafen. Und dann kamen die Halluzinationen. »Ich finde den Bus nach Warschau nicht«, sagte er, »ich stehe auf der Rampe und es fährt kein Bus nach Warschau.« Er war in dem *Shoah*-Film. Er stand auf der Rampe und da war kein Bus.

Ich sagte: »Ich weiß, wo du stehst.« Vielleicht sagte ich auch, ich versuche noch einen Bus zu bekommen mit dir, zumindest hätte ich das gerne gesagt, von heute aus gesehen.

Ich erinnere mich nicht mehr an den genauen Wortlaut, nur dass ich entsetzt war über die Rampe, ich sah ihn da stehen, so einsam, so verloren, und dann war ich plötzlich todmüde, ja todmüde, ich konnte nicht mehr, ich wehrte mich gegen den Schlaf, aber der zog mich weg, ganz schwer, hinunter, ich weiß nicht wohin, ich habe sogar geträumt und als ich aufwachte, da schnappte Ulrich nach Luft, so komisch, so wie ein Fisch. Nicht er atmete, sondern es atmete aus ihm, da war er schon – ich weiß nicht, er war nicht mehr da, nur noch sein Brustkorb hob sich ein wenig, nur noch ein Röcheln, die Augen schon weggerutscht – und ich hatte geschlafen.

Ich konnte nicht einmal mit ihm wachen wie die Jünger damals. Alles gab es schon einmal, nicht einmal das, was ich damals mit Ulrich erlebt habe, ist besonders, auch wenn es entscheidend für mich war und mein Leben, alles war schon mal da, ja, ich weiß, es ist blasphemisch, Ulrich mit Jesus zu vergleichen, aber ich tat das trotzdem, es war mir egal, was der Pfarrer dazu sagte. Kennst du das Lied *Oh Haupt voll Blut und Wunden?* Das hätte ich gerne auf seiner Beerdigung gesungen, weil ich ihn da vor mir sah, mit dem Handtuch um den Kopf, aber der Pfarrer wollte das nicht. Ulrich starb nicht für die anderen, sein Tod hatte nicht einmal im Nachhinein einen Sinn, völlig sinnlos, keine Überhöhung.

Während Ulrich starb, träumte ich. In meinem Traum war ich mit einer Straßenbahn ans Meer gefahren, in die Bretagne, und konnte die Straßenbahn nicht verlassen, ich kam nicht raus. Er Bus, ich Straßenbahn. Er will nach Warschau, ich ans Meer. Er kommt nicht weg und ich komm nicht raus.

Ich weiß über diese Stunden nichts. Nur, dass der Schlaf schwer war, wie dunkles Moor, ich sank immer tiefer, konnte mich nicht daraus befreien. Und er? Hat er den Bus erwischt? Welche Bilder sah er zum Schluss? Keiner sagt mir das.

So viele Tage sind seither vergangen, mein Körper besteht aus anderen Zellen. Ich weiß, es gibt keine Verjährung. Ich hab keinen Abschied gekriegt. Ist das nicht schon Strafe genug?

Ich weiß nicht, was passiert ist, ich hab ja geschlafen. Und als ich aufwachte, dämmerte es noch nicht. Aber ich spürte die Dämmerung bereits kommen. Es war der kälteste Moment der Nacht. Zwischen vier und fünf Uhr, bevor die Vögel zu singen beginnen. Ich habe gehört, dass die meisten Menschen dann sterben, wenn es am dunkelsten und kältesten ist, in der Tiefe der Nacht, bevor es wieder aufwärts geht. Bevor es hell wird. Und es ist merkwürdig, nach Ulrichs Tod bin ich lange jede Nacht genau um diese Zeit aufgewacht und dachte, jetzt bist du für ihn wach, jetzt könntest du bei ihm wachen, aber jetzt braucht er es nicht mehr. Damals, damals hättest du wach sein müssen. Alles nachgetragen und unnütz. Ich wollte es wenigstens im Nachhinein gutmachen.

Ich hab die Nachtschwester geholt, das war ja noch vor dem Schichtwechsel, aber die zuckte nur mit den Schultern. »Was passiert jetzt, warum atmet Ulrich so komisch?« »Er stirbt«, sagte sie. Ich wollte sagen: Machen sie etwas, tun sie doch was. Ich war wie versessen darauf, ihn zurückzuhalten. Ich rüttelte an ihm. Ich rief: »Ulrich, Ulrich!«, aber er hörte mich nicht.

Ich hab seine Augen nicht zugedrückt oder erst später, als die anderen da waren, Mutter, Vater, Schwester. Sein Vater sagte: »Jetzt drückt ihm doch die Augen zu!«, ganz ärgerlich hat er das gesagt. Keiner von uns wusste, was jetzt zu tun war, da fehlt plötzlich jedes Skript.

Ich hab später seine Halbschuhe in den Mülleimer gesteckt, ganz vorsichtig. Seine schönen, stabilen Schweinslederschuhe mit den Kreppsohlen. Sie füllten den kleinen Mülleimer ganz aus. Ich hatte Ruth gefragt, was ich tun sollte. Sie sagte: »Die Kleider bringst du ins Männerwohnheim.« Aber die Schuhe? »Du willst nicht, dass jemand anders mit Ulrichs Schuhen herumläuft«, sagte sie. Und im Sarg dürfen die Toten keine Schuhe tragen. Ich wollte, dass Ulrich seine anbehält. Aber der vom Beerdigungsinstitut sagte: keine Schuhe. Warum? Damit er nicht davonläuft? Ich weiß nicht, ob du das weißt, Hölderlin hatte im Alter nur ein paar Schuhe und als er abhauen wollte, damals aus dem Turm, da hat der Schreinermeister Zimmer ihm die Schuhe weggenommen und dann ist er geblieben. Ich habe Ulrich die Schuhe weggenommen, weil Ruth das so sagte. Aber seine Schuhe waren so allein ohne ihn. Sie schrien nach Ulrich und ich hab sie in den Mülleimer getan. Warum bloß? Verstehst du das? Die Schuhe bewahrten Ulrichs Persönlichkeit. Sie waren Ulrich, der Abdruck seiner schönen Füße. Und ich stecke sie in den Mülleimer. Als wenn ich ihn dadurch umgebracht hätte. Schon wieder magisches Denken. Ich hab die Schuld für seinen Tod auf mich genommen, in dem Moment, als ich seine Schuhe in den Mülleimer legte.

Auf dem Klinikflur leuchtete das Lämpchen über seinem Zimmer nicht mehr und eine Schwester schrieb den Fußzettel. Pfleger hievten Ulrich auf eine Bahre mit Rädern und dann ging es ab in die unteren Etagen des

Krankenhauses, dort, wo Besucher niemals hinkommen. Sie haben ihn weggebracht, ohne Schuhe, in einen Kühlraum. Um seinen großen Zeh der Fußzettel. Ulrich hatte wunderbar ebenmäßige Füße, wie der David in Florenz, muskulös, geschwungen, wohlproportioniert und immer kühl, nie schweißig. Ich habe seine Füße nicht mehr berührt. Sie waren so weiß wie Carraramarmor, so entrückt. Der Leichenwagen brachte ihn in seine Heimatstadt, dort haben sie noch einmal seinen Sarg geöffnet. Seine Finger hatten lila Flecken. Er war tot. Richtig tot.

Der Pfarrer sagte am Grab, es gebe keinen Trost bei einem solchen Tod. Ausgerechnet der Pfarrer sagte das. Der hat doch Trost studiert. Trotzdem sagte der das. Für mich das einzig Tröstliche auf dieser Veranstaltung. Als ich später in unsere Stadt zurückging, schaltete die Ampel auf Rot. Der war es egal, wer die Straße überquert, sie schaltete um, von Rot auf Grün, von Grün auf Rot, als wenn Ulrich nicht gestorben wäre.

Rob? Du willst es genau wissen? Ja, eigentlich ging es um Rob. Da lag der Hund begraben, nicht bei den Schuhen. Aber das dämmerte mir damals nicht. Ich dachte damals, wie schafft man das, weiterzuleben, wenn der Freund stirbt? Ich dachte, dass ich nur in Robs Armen weiterleben kann. Rob war meine Stütze. Rob war Leben. Ulrich war Tod. Das klaffte auseinander. Und in der Lücke – die offene Frage.

Wie lange ich geschlafen hab? Keine Ahnung, zwei, drei Stunden vielleicht. Ich hab ja geschlafen, ich weiß nicht, was passiert ist.

Rob? Sicher hab ich die Nächte später mit Rob verbracht, mit wem auch sonst. Ulrich war ja tot. Wie erhält man sich am Leben, wenn einer tot ist? Die Ampel an der Straße schaltete immer noch auf Grün, unbeirrt, der war Ulrichs Tod egal. Die lebte in einer anderen Zeit. Die Welt war mir fremd, die Logik der Ampel. Ulrich war gestorben und die Welt ging weiter, das verstand ich nicht. Die Welt hätte auch anhalten sollen. So wie sein Atem. Seine Augen. Ich hätte gerne die Welt zugedrückt, die Augen der Welt, damit alles verschwindet.

Ich hielt mich an Rob, dachte, der ist Zukunft, dort geht es weiter. Plötzlich dachte ich an Zukunft, Rob war Leben. Ulrich war Tod.

Mit Rob war dann bald Schluss, im gleichen Sommer noch. Er hat sich in eine andere verliebt, das ging ganz schnell. Als ich ihn mit der Neuen eng umschlungen durch die Stadt schlendern sah, wusste ich, dass ich etwas falsch gemacht hatte. Ich floh ganz weit weg, wie in dem Traum mit der Straßenbahn. Seither leb ich im Provisorischen. Und immer riskant. Alles wird zum Spiel. Manchmal will ich die Ampel auslöschen, umhauen, dagegenhauen, sie steinigen mit einer Schleuder, vor allem das Rot. Das Rot. Jetzt werde ich komisch.

Ich soll rekapitulieren, was am Abend vor Ulrichs Tod geschah?

Rekapitulieren. Kapitulieren. Ich habe kapituliert, schon lange. Ich habe vor diesem Mittwochabend kapituliert. Ich bin zum Bahnhof gefahren, um Rob abzuholen, das sagte ich schon. Ich wusste, dass Sabine zu Ulrich geht, um sich zu verabschieden, ich hatte es arrangiert. Immer arrangiere ich für andere etwas Gutes, damit ich in den Himmel komm. Aber ich wurde ungeduldig, das sagte ich auch schon. Dort oben im Krankenhaus liegt Ulrich, das wurde mir schlagartig klar, als ich am Bahnsteig nach unten starrte auf die Schienen und dann den Schienen hinterher, in die Richtung, aus der Robs Zug kommen sollte. Dieses Wattegefühl plötzlich. Ich warte hier auf Rob und dort oben liegt Ulrich, Sabine bei ihm. Sabine ist nicht mehr seine Freundin, ich bin seine Freundin, aber ich bin bei Rob. Diese Unruhe, dieses Getriebe, der Herzschrittmacher mit der ewigen Batterie, der schwere Stein, der in einen großen See fällt. Der Wellenkreis, den der Stein in Bewegung setzt, die Welle, die mich durch die Jahre schleudert. Das Wellengeräusch, der Lärm, den meine Angst macht, und der Zug, der nicht kommt. Dieses verdammte Warten. Ich steh noch heute am Bahnsteig Gleis drei. Dabei hätte ich bei ihm sein müssen an diesem Abend. Jemanden abzuholen am Bahnhof ist Alltag, aber Ulrich starb. Er war noch bei vollem Bewusstsein, konnte klar sprechen, vielleicht sogar scherzen, machte Sabine das Segenszeichen, aber er starb, er starb, das waren seine Stunden. Er starb, ohne mich ein letztes Mal gespürt zu haben. Ohne, dass ich ihn noch einmal gespürt hätte. Dort am Gleis drei, da dämmerte mir, dass ich am falschen Ort zur falschen Zeit stand. Ich wartete auf Rob. Sabine bekam seinen Segen. Sie bekam ihn – nicht ich. Und ich machte es auch noch groß, dieses Glück, durch meine Abwesenheit.

Ich habe Rob in seine Wohnung gebracht. Danach bin ich zu Ulrich gefahren. Zwei oder drei Stunden vergingen darüber. Oder mehr? Nein, mehr nicht. Ich weiß nicht, was in diesen Stunden passiert ist. Ich würde mich gerne erinnern. Aber mein Gedächtnis hat einen Riss. Und Rob, den ich fragen könnte, ist über alle Berge.

Du willst sicher wissen, ob ich mit Rob im Bett gewesen bin?

Ich weiß es heute nicht mehr, kann schon sein. Wir haben es ständig, du weißt schon – es war das Einzige, was wir miteinander konnten. Manchmal denke ich, ich müsste herausfinden, was in diesen zwei oder drei Stunden geschehen ist, als könnte ich dadurch etwas finden, das mich entschuldigt oder rechtfertigt, zumindest ein bisschen entlastet, so dass ich mir sagen kann, dass ich doch nicht so herzlos bin. Mir wird ganz schlecht bei dieser Geschichte, zum Kotzen, einfach zum Kotzen finde ich mich.

Ja. Ulrichs Sterbenacht. Er hatte die Augen zu. Aber er schlief nicht. Er war sehr müde und wollte, dass ich das Licht ausmache. Er hat mir keinen Vorwurf gemacht, weil ich so spät kam. Er hat mir auch keine Fragen gestellt. Ausfragen war nicht seine Art. Das sagte ich schon. Er sprach überhaupt nicht viel, und wenn, dann flüsterte er. Ich sagte auch nicht viel. Ich weiß nicht, ob ich ein schlechtes Gewissen hatte. Ich nehme es fast an. Eine Veränderung bei ihm habe ich nicht gespürt. Vielleicht war ich auch mehr über mich beunruhigt als über Ulrichs Zustand. Ich war in einem Ausnahmezustand, meinte mich beherrschen zu müssen, Kontrolle und so.

Ich war ja nicht da, nicht in der Gegenwart, ich hab diesen Abschied nicht vollzogen. So getan, als gäbe es ihn nicht. Als müsste man nie innehalten, als würde alles immer so weitergehen, wie mit der Ampel. Ich strengte mich an. Ich tat so, als wäre alles so normal wie immer, im Unnormalen. Ich hab an Ulrich gedacht, an Sabine, an Rob. Und was war mit mir? Ich habe nicht innegehalten und mir diesen Abschied gegönnt, ihn mir genommen. Ich hätte sagen können, ich brauche diesen Abschied, so wie Sabine ihn braucht. Ich dachte nicht nach, ich lief getrieben, kopflos, gescheucht, aufgescheucht, ängstlich, innerlich starr umher angesichts des Todes, der über uns lauerte, das Schwert konnte jederzeit runterfallen, wie eine Guillotine, und ich tat so, als ginge alles weiter, wie aufgezogen, wie ein Zug, wie der Zug, der nicht kam, der zu spät kam. Ich hätte stehen bleiben und mich umdrehen können, dann hätte ich Ulrich gesehen, dann wäre der Abschied vielleicht möglich gewesen, ich habe ihn verunmöglicht, ich allein. Dann hätte Ulrich gesehen, dass ich ihn brauche, nicht Rob, dass ich Angst vor einer Zukunft habe, vor einer Zukunft ohne Ulrich, dann hätte er mich in die Arme nehmen können und nicht immer nur ich ihn. Ich traute mich nicht, schwach zu sein. Schwach. Oder traurig. Wollte mich unter dem Schmerz wegducken, als ob das möglich wäre.

Ulrich war Gegenwart und Vergangenheit. Zukunft war er nicht. Rob war Zukunft – ein Irrtum, wie sich später herausstellte, und damals nichts als ein vorauseilender Gedanke, der nichts galt, denn solange Ulrich noch lebte, musste es um ihn gehen. Auch an diesem Abend war mein Platz an Ulrichs Seite. Aber an diesem Abend wollte ja Sabine kommen, weshalb ich an Gleis drei auf Rob wartete, statt bei Ulrich zu sein. Das habe ich schon alles erzählt. Es muss Schluss damit sein. Ich bin in irgendwelchen Schlaufen, im Labyrinth, ich gehe im Kreis. Ich finde keinen Ausgang und einen Faden habe ich auch nicht.

Ich war damals nicht mehr in Ulrich verliebt, ich war in Rob verliebt. Ulrich und ich hatten schon lange nichts mehr miteinander. Sicherlich schon ein Jahr nicht mehr.

Ich weiß nicht, warum. Ulrich wollte nicht mehr. Oder wollte ich nicht mehr? Da war einfach keine Anziehung mehr. Die Krankheit und alles Drumherum, das Unausgesprochene, das Ungewisse, Unberechenbare. Die Angst. Ulrichs Härte, das, was meine Freundin Ruth Brutalität nannte. Er war nicht brutal, aber dass er dem Tod so grimmig entgegenblickte, nein, das stimmt auch nicht, aber, dass er ihn einfach ignorierte. Ich sterbe nicht. Doch wenn der Tod mich ereilt, dann bitte so, dass ich es nicht merke, hinterrücks. Mein Gott, er war so jung, da ist man noch fast unsterblich.

Ich lag bei ihm im Bett und hielt ihn fest. Ich hielt ihn nicht am Leben. Ich sah, dass er von fremdem Blut lebte. Die Beutel hingen immer da, ein ständiges Menetekel. Ich lag bei ihm im Bett und umklammerte ihn. Wir hatten eine Frist. Aber Sex hatten wir keinen mehr. Dass Sex nicht alles ist, wusste ich nicht. Ich dachte, Sex ist Liebe und also ist Rob meine Zukunft. So dachte ich damals. Nein, so dachte ich vielleicht am Ende, als Ulrich starb. Als ich ihn kennenlernte, da dachte ich noch, die Liebe ist stärker als der Tod. Doch dann lernte ich Martin kennen und war verrückt nach ihm. Und Martin sagte ganz unverblümt: »Für mich ist das Sex, nicht Liebe.« Er brachte mir diese Unterscheidung bei. Dann kam Rob, da waren die beiden Sex und Liebe schon getrennt. Eigentlich müsste ich jetzt sagen: Sex ist stärker als Liebe und Sex ist stärker als der Tod. Eros und Thanatos, das habe ich doch gelebt, die Liebe habe ich verraten. War romantischer Bläh. War nicht durchzuhalten. Nicht von mir.

Das ist ein Gewicht, am Anfang wog es noch nicht schwer. Es ist immer schwerer geworden. Das drückt auf meine Schultern. Ich hab Rückenschmerzen, mein Nacken tut mir fast immer weh.

Von Rob hab ich mich längst abgeseilt. Aber der tote Ulrich und ich, das ist nicht auseinanderzukriegen, selbst wenn ich das kappen wollte. Diese Ohnmacht, das macht mich krank. Es macht krank, wenn man machtlos ist gegen sein eigenes Gewissen. Als Sabine Ulrich besuchte, hätte ich im Krankenhaus bleiben müssen, draußen auf dem Gang, im Stationszimmer, in der Cafeteria, irgendwo, solange Sabine bei ihm war. Ich hätte wissen müssen, wo mein Platz ist an diesem Abend, in dieser Nacht. In Ulrichs Sterbenacht.

Ich sagte mir, du hast keine andere Wahl. Du hast keine andere Wahl, als dir bei Rob zu holen, was du von

Ulrich nicht kriegen kannst. Du hast keine andere Wahl. Rob gibt dir Kraft. Rob hilft dir, dass du immer wieder ins Krankenhaus gehen kannst, um bei Ulrich zu sein. Du hast keine andere Wahl, wenn du das durchstehen willst, wenn es dich nicht zerreißen soll. In Wirklichkeit war es doch genau andersherum. Ich trug nicht Robs Kraft ins Krankenhaus, ich bekam von Ulrich Kraft für Rob und mich.

Ich hätte mich nicht dagegen sträuben dürfen, dass Ulrich gehen muss, dass er meine Zukunft ist, auch wenn er tot ist, dass er meine Gegenwart ist, auch als Todgeweihter, und dass Rob im Vergleich nichts ist. Die Lebenden sind da. Aber die Toten machen diese Kreise, werfen Steine ins Wasser, die Wellen schlagen, die auflaufen, über die Ufer treten und mich bewegen. Ich hätte wissen müssen, was ich Ulrich schuldig bin, intuitiv. Oder jemand hätte es mir sagen müssen, er selbst. Er hätte sagen können: »Bleib.« Ein einziges Wort: »Bleib.« Warum hat er das nicht gesagt?

Ich wünschte, es könnte mit Ulrich weitergehen – irgendwo, ich weiß, es gibt den Ort nicht. Aber in meinen Gedanken. Das wirkliche Leben wird doch überschätzt, da bin ich oft nicht mehr. Nein, ich weiß nicht, wo ich bin. Ein Kontinuum, es fühlt sich an wie ein Kontinuum. Ulrich war wunderbar, so wunderbar, dass ich ihn schrecklich vermisse. Dieser Abstand ist unerträglich. Und schon so lange.

Die Schwärze liegt auf meinen Augen. Und dieses Gewicht.

Ulrich hat mir nie Vorwürfe gemacht. Seither mache ich mir und anderen laufend Vorwürfe, weil er sie mir nicht machte. »Schau dich doch an«, sagte er einmal, als ich in sein Krankenzimmer gestürmt bin, »wie du hier reinläufst«, das war das Äußerste.

Sabine hat das Kreuzzeichen auf ihre Stirn bekommen und ich laufe jetzt mit dem Kainsmal herum. Das Kainsmal sagt, du hast nichts gespürt. Ich hab was gespürt, aber ich konnte nicht anders, Rob war nun mal mein Geliebter. Dass er es wenige Wochen später nicht mehr sein würde, das hab ich doch nicht ahnen können, und dass über die Jahre die Verbundenheit mit Ulrich viel mächtiger ist als das ganze Gefummel mit Rob, das hab ich auch nicht geahnt. Ich hab damals nicht nachgedacht, ich denk heute noch sehr wenig nach, so gegen den Strom denke ich heute noch ungern, da wird es dann wirr in meinem Kopf und so viele Stimmen, die durcheinanderreden. Ich bin ganz froh, wenn ich das ab und zu abschalten kann. Ich weiß erst jetzt, dass sich um den Tod herum das Leben ansammelt, dass das Leben darum herumflockt wie eine Schafherde um einen Baum. Ich wollte das nicht mitansehen, bin weggegangen, geflohen, war immer unterwegs, während die Ampel blieb und von Grün auf Rot, von Rot auf Grün umsprang, immer so weiter, immer so weiter.

Ja, die Ampel, die ich am besten kenne, meine Ampel. Sie steht am Stadtgraben, an der Umgehungsstraße. Eine hässliche Ampel, nein, eine normale Ampel, mit der ich mich unterhalte, an die ich seit zwanzig Jahren denke, manchmal mit Wehmut, manchmal mit Bitterkeit. Ich muss mich verständlich machen. Wenn ich kapituliert habe, die Ampel hat nicht kapituliert. Sie geht sogar nachts. Manchmal schläft sie einige Stunden, aber genau um fünf Uhr morgens wacht sie wieder auf. Sie hat nie Migräne oder ihre Tage, es sei denn, man stellt ihr den Saft ab. Ich spreche täglich mit ihr, das sagte ich schon. Sie hat mich gelehrt, dass das Leben weitergeht, nachdem Ulrich tot war. Sie ist also enorm lebensklug, die Ampel. Ulrich war tot und sie ging einfach weiter, ungerührt, als wäre nichts geschehen. Sie sagte zu mir: Ulrich kommt nicht wieder, aber ich schalte immer wieder auf Grün, dann darfst du gehen. Sie sagte: Ich gehe immer, Tag und Nacht, es sei denn, ich werde für einige Stunden abgestellt, aber Ulrich ist für immer und ewig abgestellt, also versuch erst gar nicht, das zu begreifen. Sie sagte: Dass sie Ulrich abgestellt haben, ist 'ne Nummer zu groß für dich. Das begreifst du erst, wenn du selber in die Kiste steigst. So redet die Ampel mit mir. Ich weiß, Ampeln können nicht sprechen.

Sie hat mit mir gesprochen, ich glaube, sie hat »geh« gesagt.

Die Kehrseite könnte das Wichtigste sein?

Ich weiß nicht, es ist alles gesagt. Ulrich wollte keine Kinder und er verschwieg mir zu Anfang, dass er krank ist. Ich ging ins Netz und als ich das Netz durchschaute, war ich schon gefangen. Vielleicht war er doch nicht so vorbildlich. Wie sagte es Ruth so klar? »Ulrich ist ein bisschen brutal.« Ich weiß wirklich nicht, aber wenn, dann ist es das, was nicht hineinpassen will in die Geschichte: der andere Ulrich – nicht so vorbildlich und ein bisschen brutal.

Ich soll meine Augen anders einstellen? Ich mag keine erfundenen Geschichten. Die erlebten sind doch schon schwierig genug. Aber das ist nur eine Seite. Ich hätte von Ulrich keinen Abschied bekommen, auch wenn ich geblieben wäre. Der war ja Sabine vorbehalten. Mit ihr war er nicht mehr zusammen, da konnte er großzügig sein. Wenn ich früher dagewesen wäre, wenn ich auf dem Gang geblieben wäre, und ich hätte sein Zimmer dann betreten, also nachdem Sabine weg war, hätte ich trotzdem kein Kreuzzeichen bekommen. Er wäre sich treu geblieben, mir treu geblieben, das hört sich paradox an, ich hätte ihn in die Arme genommen und er hätte vielleicht nicht mehr gesagt, ich sterbe nicht, aber er hätte sich auch nicht bewusst verabschiedet, er wäre wortlos gestorben. Die Wahrheit ist, das dämmert mir jetzt, dass wir nicht richtig getrennt waren, trotz Rob. Rob war ja ein Versuch, mich zu trennen vom Tod, dass er mich nicht auch hinunterzieht mit ihm, wenn ich in seinem Bett lag. Ulrich hätte die Kraft nicht gehabt, die Trennung zu vollziehen, die Voraussetzung für einen Abschied gewesen wäre. Das ist die Wahrheit. Alles, was ich vorher sagte, ist Kitsch.

Vielleicht bin ich einen Abschied auch nicht wert gewesen. Das sagt jetzt die Bitterkeit. Manchmal ist es ja auch so, das sagen die Krankenschwestern, dass die Sterbenden warten, bis die Angehörigen den Raum verlassen, damit sie sterben können, weil die Lebenden die Toten auch festhalten. Vielleicht musste ich ja auf den Bahnhof gehen, wer weiß. Das magische Denken glaubt an Vorherbestimmung. Das ist die eine Seite. Das magische Denken in mir glaubt aber auch, dass ich seinen Tod hätte verhindern können, wenn ich nicht so viel falsch gemacht hätte. Und wenn ich nur genau genug rekonstruiert hätte, was es genau war.

Andererseits dachte ich, es ist ein Versehen, ein Zufall, dass ich vor die Ampel lief. Ich war so vertieft ins Gespräch mit der Ampel. Sie sagte auf einmal: »Geh.« Ich sah nicht, dass sie auf Rot geschaltet hatte. Aber vielleicht war es weder ein Versehen noch Zufall noch Vorherbestimmung. Etwas ganz anderes, was ich nur nicht begreife.

Was von den Tagen übrig blieb

– 56 –

Daniel arbeitet jetzt für *Blablacar*. Er wohnt mit zwei Peruanern, die wie Indios aussehen, zusammen in einer Wohngemeinschaft in der Südstadt, die früher »Im Jenseits« genannt wurde. Er könnte mit dem Vermieten von einzelnen Zimmern Geld verdienen, Schlösser an die Türen machen, aber er bleibt seinen alten Idealen treu. Er hat Wände aus dem alten Haus herausgebrochen, um die Zimmer größer zu machen. Aber die Fenster sind weit oben angebracht. Es ist, als sei ich ein Kind und alle Fenster sind weit oben wie in einem Gefängnis. Man kann nicht hinausschauen, sie zeigen einen Himmel, der graubleiern ist.

Ich habe ihn lange nicht gesehen. Er ist alt geworden im Gesicht, seine langen Haare hängen melancholisch an ihm herunter, aber der neue Pony macht ihn jünger. Er wirkt zufrieden, in sich ruhend. So als hätte er als kleiner Angestellter (oder ist er vielleicht ein freier Mitarbeiter von *Blablacar*?), alles erreicht, von dem er je geträumt hat. Das kommt mir merkwürdig vor, wie geht das? Er heißt jetzt Daniel. Irgendjemand sagt das aus dem Off. Früher hatte er in der Wirklichkeit einen anderen Namen, Ulrich vielleicht. Ich freue mich unbändig, ihn zu sehen. Aber ich kann ihn nicht umarmen. Er nimmt meine Hand, oder nehme ich seine? Wir halten die ganze

Zeit Händchen und Erotik ist das nicht. Eher ein Ausflug in eine Vergangenheit, die nie aufgehört hat. Die immer da war.

Träume sind Bücher

– 57 –

Meine Träume sind das wahre Leben, sie sind so komplex wie die Bücher, die ich verschlinge. Ein Buch pro Tag, ein Traum pro Nacht. Was sonst passiert, kenne ich bereits. In meinem Hirn gibt es ein Netz, das habe ich gelernt, aber ich denke eher, dass es ein Apothekerschrank ist. Als Kind besaß ich eine Apotheken-Puppenstube mit vielen Schubfächern. Sie sind nicht beschriftet und ich finde mich in ihnen nur schwer zurecht, weil mein Gedächtnis mich immer wieder betrügt oder sich in einer unbeschrifteten Schublade befindet.

Heute Nacht habe ich geträumt, dass ich mit meinem Freund nach Recife fliegen wollte. Ich weiß nicht, wo Recife liegt, im Traum hätte es auch in Asien liegen können. Ab Stuttgart sollten wir fliegen, es war Samstag und ich hatte noch nicht gepackt. Aber ich fand die Flugtickets nicht. Auf ihnen sollte die Abflugzeit notiert sein. Es war schon Mittag. Das Problem war, dass ich mich in meinem Haus nicht zurechtfand, wo sollten die Flugtickets liegen? In einer Klarsichthülle Din A4, das sah ich vor Augen. In meiner Wohnung wohnten aber plötzlich viele andere junge Menschen, die auf den Ablageflächen Dinge liegengelassen hatten. Ich suchte und suchte. Ich kannte mich nicht mehr in mir aus. Da hatte meine Freundin Elisabeth plötzlich eine Idee. Befand sich das Ticket vielleicht in ihrer Tasche, mit der ich eingekauft hatte? Eine große Tasche. Im Seitenfach war die Hülle. Es war 13 Uhr und um 11 Uhr wäre das Flugzeug geflogen. Ich weinte. Und heulte. Und jammerte. Ich wollte meinem Freund von meinem Kummer erzählen, mit ihm wäre ich doch nach Recife geflogen, aber er war beschäftigt und sprach mit einer Brasilianerin und wollte nicht gestört werden. Er war schon in Recife. Ich hätte mit ihm dorthin fliegen müssen.

Die späte Geburt

– 58 –

Sie stand in ihrem Schatten. Im Schatten einer Frau, die vor ihr gelebt hat, die sie nicht kannte, die sie nie traf. Nur aus der Zeitung kennt sie ihre Geschichte. Aber das hätte auch sie sein können, wenn sie sich zwanzig Jahre früher eine Familie gesucht hätte. Sie meinte vor ihrer Geburt, als könne man sich seine Familie aussuchen. Sie dachte immer, dass sie eigentlich am Stadtpark landen wollte, aber zu früh abgebogen ist, in Kreisen geflogen ist, sich an der Stiftskirche orientiert hat. Dort blieb sie dann, im Schatten der Kirche.

Wenn sie noch früher gelandet wäre, hätte sie vielleicht Gudrun geheißen. Ihre Väter waren Kollegen, sie und Gudrun gingen in die gleiche Schule und als sie sich für ein Stipendium nach Amerika bewarb, sagte der Direktor ihr: »Werden Sie keine Gudrun.« Sie hat Gudrun erst im Museum kennengelernt. Ihre Totenmaske lag unter Glas, mit denen ihrer Mitstreiter. Sie sah aus wie eine Pieta. Schön und leidend. Ewig leidend. »Pfarrer hoffen halt«, das war Gudruns letzter Satz, sagte der Pfarrer, der das letzte Gespräch mit ihr führte. »Pfarrer hoffen halt.« Als sie ihre Totenmaske sah, wurde ihr ihre späte Geburt bewusst.

Chinesische Zeichen

– 59 –

Als ihre Mutter starb, war nur sie bei ihr, ihre Geschwister feierten einen Geburtstag.

Sie saß lange an ihrem Krankenhausbett, so lange, dass sie Hunger bekam. Es kam ihr pietätlos vor, aber dann ging sie um die Ecke und holte sich einen dieser mit Nudeln gefüllten Kartons beim Chinesen. An Festtagen hatte sie oft mit ihrer Familie »beim Chinesen« gegessen, wie sie sagten, und sie dachte an die gute Küche ihrer Mutter, an ihr Lieblingsessen *pasta asciutta* und dass sie ihr Unrecht getan hatte, so oft, dass es jetzt auch keine Rolle mehr spielte. Der Arzt hatte Mitleid mit ihr und sagte: »Sie stirbt, aber es ist gut, dass Sie da sind, essen Sie ruhig, Sie müssen bei Kräften bleiben.« Ich habe mich fürs Leben entschieden, sagte sie sich und aß die chinesischen Nudeln mit Stäbchen, wie sie dies auf ihren Reisen gelernt hatte. Damals in China, als dort noch Fahrräder fuhren, so viele, dass sie von ferne wie Ameisen aussahen, die durch die Straßen wimmelten. Die Luft war blau über der langen Mauer gewesen und sie hatte sich mit kleinen Zetteln, auf denen Zeichen standen, verständigt. Sie wollte ihrer Mutter auch Zeichen zustecken, dass sie sie doch geliebt und dies zu selten ausgedrückt hatte. Aber ihre Stirn war schon ein Zeichen und die Runzeln wie Querstreifen wurden immer tiefer und dunkler, je länger sie intubiert war. Sie wollte diese Intubation nicht, aber die Ärzte sagten, man dürfe sie nicht ersticken lassen, dabei starb sie jede Stunde mehr. Die Zeichen auf dem chinesischen Karton sagten ihr, dass Essen am Leben erhält. Es sei zwar unpassend, am Bett einer Sterbenden zu essen, aber es sei auch unpassend, was hier geschehe. Sie sprach mit der Mutter, ohne die Lippen zu bewegen, nur in Gedanken, und fragte sich, wie sie all das Unpassende ihres Lebens im letzten Moment noch passend machen könnte. Vielleicht gibt es kein gelingendes Leben, wir denken in falschen Kategorien von gelingend und nicht gelingend. Wer soll das beurteilen? Ihr Vater sagte, seine Frau sei eine gute Pfarrfrau, das war das größte Kompliment.

Sie hat der Mutter auch geholfen und mit ihr am Altennachmittag Kaffee eingeschenkt. Wenn dies ein gelingendes Leben ausmacht, so war es gelungen. Geht es darum, seine Ansprüche herunterzuschrauben, immer weiter, bis man erfährt, dass es gar keine Ansprüche gibt, die man ans Leben stellen darf? Dass es reicht, dass man es lebt? Die Mutter hatte sich eine gute Tochter gewünscht, die sie gegen die Männer, die es in der Überzahl gab, verteidigte oder besser die Waagschale etwas gerechter nicht ins Lot, nein, in die Horizontale bringen würde. Aber sie hat ihr alles vermasselt. Man darf die Dinge nicht beim Namen nennen, denn dem Namen nach richten sich die Frauen nach ihren Männern, das hat sie als Kind gelernt, und schon gibt es kein Lot und keine Horizontale mehr. Sie darf also nicht aussprechen, was sie ihrer Mutter antat, sie kann es auch nicht, sie weiß nur, dass die Mutter sagte, sie sei ihr Sargnagel. Sie, die Tochter, war gegen alle Erwartungen gewappnet gewesen wie Jeanne d'Arc gegen Feinde. Aber was hatte ihre Mutter genau erwartet?

Sie sollte einerseits so sein wie sie und einen guten Mann heiraten und Kinder bekommen, aber sie sollte auch studieren, also das tun, was sie nicht tun konnte, weil Krieg gewesen war. Der Krieg hatte alles vermasselt und nach dem Krieg kam die Schuld, die Kollektivschuld, die es nach Hannah Arendt nicht gibt, aber dann doch. Und die Väter hatten weiterhin das Wort und rauchten Zigarren im Auto, auch wenn hinten das Kind saß und in seinen Sandeleimer spuckte. Väter saßen am Steuer, Mütter daneben, Kinder reiherten hinten bei den Koffern. Die Mutter strickte Socken und sie wusste sie zu würdigen. Sie hütete ihre gestickten Gürtel und Blusen und ihre Aussteuer.

Die Zeichen auf dem Karton sagten ihr, dass sie allein bleiben würde, während ihre Mutter starb. Sie hätte ihr jetzt gerne all das gesagt, was die Mutter sich von ihr gewünscht hatte. Aber was hatte sie sich denn genau gewünscht? Dass es ihr, der Tochter, leid tue, dass sie ihr den Führerschein vermasselt habe mit ihrer Geburt. Dass die Mutter das Beste aus dem Unpassenden gemacht habe, das für sie vielleicht passend war. Und sie sie nicht umkommen ließ. So sagte die Mutter immer, wenn sie eine Mutter verteidigte, »sie hat ihn nicht umkommen lassen«. »Sie dachten nicht daran«, sagte ihr Vater zu seiner Verteidigung. Wer hatte da bei der Zeugung nicht aufgepasst? Es waren die Wechseljahre und sie war der

Wechselbalg, den kannte sie aus den Märchen und es war ein untergeschobenes Kind, was immer das bedeutete. Wurde sie nicht auch Balg genannt? Es geht um Zeichen, die sie nicht lesen konnte, das Zeichen, das die Falten auf der Stirn ihrer Mutter machte. Dieses neue Zeichen war tief und chinesisch. Sie wird nichts Schlechtes über ihre Mutter sagen, weil sie selbst unpassend war. Also entschuldigte sie sich, aber die Mutter konnte es nicht mehr hören. Und eigentlich hätte die Mutter doch sie entschulden müssen. Ihr verzeihen müssen. Für ihre Undankbarkeit.

Aber was Dankbarkeit ist, lernte die Tochter erst später, erst nach ihrem Tod. Vielleicht durch ihren Tod. Sie hatte ihr schließlich das Leben geschenkt und Schmerzen auf sich genommen. Sie kann auch gar nichts Schlechtes über ihre Mutter sagen, weil diese sich dem Namen nach nach ihrem Mann gerichtet hat. Wer sich und seinen Namen aufgibt, über den darf man nicht richten. Es war klebrig, ihre Hände waren klebrig. Immer wollte sie dem Klebrigen entkommen. Und hier saß sie und konnte nicht weinen.

Sag mir, wie du Weihnachten feierst

– 60 –

Es ist geschafft. Jedes Jahr habe ich die gleiche Angst vor der Geburt des Herrn. Dabei liebe ich heilige Abende. Theoretisch. Die Geburt in einem warmen, duftenden Stall, die Tiere als Zeugen, eine junge Maria, ein überforderter Josef, alles Zutaten zu einer tollen Geschichte. Ich stelle die Bestandteile dieser archaischen Geschichte jedes Jahr wieder neu auf, wenn ich die alte, geschnitzte Krippe, die mir meine Eltern vererbten, vom Dachboden hole und sie aufbaue. Wesentlich bei meiner geschnitzten Krippe sind zwei Figuren, die sonst selten vorkommen: eine schwarze Katze, die einen Buckel macht, und ein böser, kläffender Köter. Jedes Jahr stelle ich die Katze oben auf das Dach des Stalls und den Köter unten vor die Krippe auf den Boden.

Sie zeigen mir, dass es damals schon Spannungen gab, die nicht in der Geschichte vorkommen.

Meine Mutter wollte immer, dass wir wenigstens an Weihnachten Zusammenhalt beweisen. Aber schon der gemeinsame Abgang zur Kirche wollte nicht klappen. Am Ende saßen wir alle in verschiedenen Bänken. Meine alte Tante saß bei den Schwerhörigen in der ersten Reihe, meine vielen Brüder, wenn sie überhaupt dabei waren, standen irgendwo ganz hinten an der Wand und meine Mutter setzte sich etwas aufgelöst und hektisch mit mir an der Hand dorthin, wo es eben noch einen

Platz gab. Nur mein Vater nahm seinen angestammten Platz auf der Kanzel ein, wie jedes Jahr.

Jedes Jahr waren wir keine geschlossene Familie. Und jedes Jahr wünschte sich meine Mutter eine. Nein, ich wünschte sie mir, denn da pochte diese sehnsüchtige Erinnerung in mir an den Weihnachtsglanz, als ich ein kleines Kind war und Weihnachten noch keinen Schatten kannte.

Damals dachte ich noch, später machst du es besser. Als meine Kinder ganz klein waren, da versuchte ich es noch. Mein Mann und ich luden für die ersten Abendstunden meine Freundin Kristin mit ihrer kleinen Tochter Carla ein. Ihr Mann musste derweil mit seiner ersten Frau und seinen schon größeren Kindern feiern. Mit tat Kristin leid, die klaglos akzeptierte, dass die erste Familie an diesem Abend Priorität genoss, weil das Alte, Überkommene am Heiligen Abend scheinbar immer Vorrang hat. Außerdem war ich es gewohnt, dass man immer jemanden einlädt, der sonst allein wäre. Ich täuschte mich auch darüber hinweg, dass in meiner kleinen Familie auch schon Zentrifugalkräfte am Werk waren.

Als mein Mann auszog und mit seiner Freundin feierte, entging meine ältere Tochter im ersten Jahr der Entscheidung, bei wem sie feiern wollte. Sie fuhr zu den Großeltern. Mit meiner kleinen Tochter fand ich Weihnachtsasyl bei Freunden.

In den Jahren danach drehte sich der Wind. Mein Mann war zwar nicht mehr da, aber dafür hatte sich Kristins Mann Thomas für seine zweite Familie entschieden und feierte mit uns und den Mädchen. Er gab den Josef. Wir zwei Marien sangen mit drei Mädchen und unsere zwei Kätzchen holten die Glaskugeln vom Christbaum. Ein ausbalanciertes Idyll. Wir feierten abwechselnd ein Jahr bei mir, ein Jahr bei ihnen.

Wer gehört zu deiner heiligen Familie? Sag mir, wie du Weihnachten feierst, und ich sage dir, wer du bist.

An diesem Abend zeigt sich, wer zusammengehört. Und für einige Stunden versuchen die Menschen unter dem Baum oder vor der Krippe zu vergessen, wie prekär, zerbrechlich und angeknackst die Verhältnisse sind und welche Balanceakte und Auseinandersetzungen nötig waren, um die Figuren der Krippe nachzustellen.

Letztes Jahr war alles anders, meine Kinder feierten mit ihrem Vater und ich ging allein in die Kirche. Ich überlegte mir lange, welchen Platz ich wählen sollte. Dort hinten bei den Brüdern? In der ersten Reihe bei der toten, schwerhörigen Tante? An der Hand meiner toten Mutter, auf der Seitenempore? Auf die Kanzel zu meinem toten Vater durfte ich nicht. Aber sie waren alle da und ich hatte plötzlich Frieden geschlossen mit den Zentrifugalkräften in meinen Familien. Ich spannte Sehnsuchtsfäden durch die Kirche und dachte an den Stall, in dem auch keine perfekte Familie zusammenstand – war nicht die ›heilige Familie‹ auch schon eine Patchwork-Familie? –, und ich dachte an meine Krippe, an den kläffenden Köter und die Katze auf dem Dach mit dem Buckel.

Plädoyer für Träume

– 61 –

Ich habe meine Träume befragt, ob ich die Geschichten, die da unterm Teppich hervorgekehrt wurden, diese Hervorkehrungen, aufschreiben soll, denn immerhin seien sie doch nicht zufälligerweise unter den Teppich gekehrt worden. Sie scheuen das Licht und machen der Träumerin ein schlechtes Gewissen. Meine Träume antworteten verschlüsselt in Episoden, wie es anders nicht zu erwarten gewesen war.

Letzte Nacht träumte ich von dem Mitbewohner einer Freundin in ihrer früheren Wohngemeinschaft. Er heißt Elias. Er sah mir in die Augen und ich ihm und es war um uns geschehen. Aber wir schauten uns nicht direkt an, ich blickte so seitlich zu ihm hinüber und wusste, er würde weiter den Film anschauen oder in die Realität hinausblicken, und genau im gleichen Moment dreht er den Kopf und will mich anschauen und da treffen sich unsere Blicke und Augen. Es war der Sonntag Okuli, der Sonntag der Augen und des Lichts.

Elias ist, wenn wir uns nicht im Traum treffen, 30 Jahre jünger als ich, aber das machte dem Traum nichts. Elias ist Jude und ich bin Christin, aber das machte dem Traum auch nichts. Er hat eine Glatze und einen Bart, ich Haare auf dem Kopf, ich Frau, er Mann.

Ich hatte ihn angesprochen auf seinen Glauben, den er nicht lebt, er kommt aus Russland und seine Verwandtschaft ist über die ganze Welt verstreut.

Meine Freundin tadelte mich, es sei rassistisch, ihn auf seine Religion, die gar nicht seine praktizierte ist, anzusprechen. Ich schämte mich, wie ich mich immer schäme, wenn meine Freundin mich kritisiert.

Heute Nacht, im Traum, haben wir uns mit den Augen verliebt. Über die Rasse, die es nicht gibt, hinweg. Über die Grenzen von Geschlecht hinweg, über die Grenze der Jahre und Haare hinweg und der Verwandtschaft, die bei mir unterm Teppich liegt, und die seine, die verstreut liegt in der Welt oder getötet wurde. Da ist Schuld und schlechtes Gewissen, aber wir schauen uns in die Augen und verlieben uns. Ich frage den Traum und er sagt, er liebe Geschichten, es seien doch Träume, du träumst sie, aber mit der Wirklichkeit müssen sie nichts zu tun haben, weißt du nicht, dass du 60 bist und er 30? Dem Traum war das egal.

Epilog

Dem Kind sagt man »Jesus liebt dich« und das sagt man oft. Dieses Kind geht jeden Tag auf dem Weg in die Küche an einem schimmeligen Jesus am Kreuz vorbei. Er hängt im Grünewald Altar im Amtszimmer des Vaters. Jesus liebt nicht, Jesus ist fast tot und er hat Schmerzen. Das Kind glaubt irgendwann, dass es nicht das fühlen soll und darf, was es fühlt, dass es falsch ist, dass es etwas ganz anderes fühlen soll als das, was es fühlt, dass es also immer falsch ist, und jetzt sagt dieses Kind etwas und ich habe furchtbare Angst, dass man das alles nicht sagen darf. Ich will nicht zurück in die Einsamkeit des Kindes.

Die Eltern taten das, was alle Eltern tun, das Beste, nur wurde das Kind ganz verwirrt. Das Wort Einsamkeit verschluckt sich selbst. Das Kind möchte auch nichts Schlechtes über Grünewald sagen, er war wunderbar, weil er das Lamm mit dem Abendmahlsbecher gemalt hat, in den das Blut des Lamms hineinfließt, und als ich wirklich blutete mit zwölf, dachte ich, ich bin eben ein Lamm, das wusste ich schon immer, ich habe mich nur verirrt, ich bin in einer falschen Herde gelandet.

Es möchte nichts Schlechtes sagen, weil es dann noch falscher ist. Ich habe viel über Wahrheit nachgedacht und je mehr ich darüber nachdenke, umso weniger weiß ich, was das ist. Es lag in einem Sarg, aus dem es nicht herauskam, weil es noch nicht lesen konnte. Es hing am Kreuz und blutete aus der Seite oder in den Kelch hinein und war doch aus einem Stück. Es verstand die Welt nicht und ich versuche unter den Teppich zu krabbeln und meine Kindheit zu verstehen und wohin sie mich geführt hat. Und wie gut es ist, dass es diesen Sarg nicht mehr gibt oder nur noch in meinen Träumen.

»Die Kindheit ist lang und schmal wie ein Sarg, aus dem man sich nicht allein befreien kann.« Diesen Satz lese ich als altes Kind bei Tove Ditlevsen. Ich lag im Traum im Sarg und konnte nicht aufstehen, weil mein Körper steif war. Einmal stand im Nachbarsgarten ein offener Sarg. Er gehörte zum Projekt *Sarg es selber*. Er war gepolstert mit den Nadeln der großen Kiefer, die im Nachbargarten wächst und deren Freundin ich gerne wäre. Ich legte mich hinein und schaute in die Kastanie über mir und ich lag weich wie in Abrahams Schoß. Da war die Kindheit nicht mehr lang und schmal, ich war ihr entkommen und war nur ein altes Kind, das am Morgen am Bügel seines BHs riecht und er roch wie damals der BH-Bügel meiner Mutter, etwas säuerlich nach altem Kind. Und das Kind war seine Mutter geworden, was es nie wollte, weil die Mutter vielleicht unglücklich war und auch nicht aus ihrem Sarg hinauskam.

Es gibt viele Wege in den Himmel. Nicht nur den breiten und den schmalen Weg wie auf dem pietistischen Plakat, das im Pfarrhaus hing und über das man sich lustig machte und das trotzdem dort hing. Über das Tanzen kommt man nicht in den Himmel und über das Wirtshaus auch nicht, aber ich wollte gar nicht in den Himmel kommen.

Das Kind schaute aus seinem Fenster auf einen Parkplatz, den Kundenparkplatz der Sparkasse. Da sah es einen kreisrunden Kanalschacht, durch den im Herbst das Heizöl hinuntergelassen wurde, und es stellte sich vor, wie es hinunterstürzen würde in den geöffneten Kanalschacht hinein und geradewegs ins Magma und ins Innere der Erde. Die Eltern würden an seinem Grab stehen und ihre Köpfe schütteln und nichts verstehen und sie wären sich nah, weil das Kind auch nichts versteht, aber es wäre jetzt ganz in Sicherheit in der Erde und nichts könnte ihm mehr geschehen.